SAND

Rédaction : Pascal Petiot et Tetiana Petiot

Dépôt légal : 3e trimestre 2022

ISBN : 978-2-7107-8967-3
Imprimé en France par CPI en juillet 2022 (171105).

CPI s'efforce de limiter son empreinte carbone et utilise des matières issues de forêts gérées durablement.

WC BOOK

D'après une idée originale de Pascal PETIOT

Responsable éditorial :
Pascal PETIOT

Illustrations originales : Ah !
Couverture : Sabine Nourrit
Pictogrammes : Ah ! et Sabine Nourrit

Remerciements au site
www.maviedefemme.com

WC BOOK
2023

Nicole dit à son
mari Norbert :
– Chéri, demain cela
fera 50 ans que nous
sommes mariés !
– Oui, je sais…
– Et alors ? On fait
quoi pour fêter ça ?
– Une minute de silence…

Le saviez-vous ?

Pourquoi tous les films sont-ils en VO à Paris ?

Vous êtes un vrai puriste de la langue originale, de ceux qui ne veulent voir les films qu'en VO sous-titrée ? J'espère pour vous que vous habitez la capitale. C'est un fait : le clivage entre Paris et la province en matière de cinéma ne se dément pas, et ce, malgré la démocratisation croissante des versions originales. Plus vous vous éloignez de l'Île-de-France et plus vous avez de probabilité de visionner un film en VF au cinéma.

La première raison à cela, c'est tout simplement que les Français parlent anglais… comme des vaches espagnoles. Notre pays est même classé 24e sur 27 en matière de maîtrise de la langue de Shakespeare ; un score pas très reluisant !

Deuxième raison : c'est une question d'image. Les cinémas parisiens rechignent souvent à programmer des films en VF, car ils ont peur d'attirer un public moins élitiste et d'un niveau culturel moins élevé.

Enfin, la troisième raison, c'est l'adaptation des cinémas de province à leur public : plus de familles, de retraités et de personnes ayant des difficultés à lire que dans la capitale…

L'idéal, ce serait quand même d'avoir toujours le choix de la version devant laquelle avaler son pop-corn, non ?

QUIZ

En quelle année Charlemagne se fait-il sacrer empereur ?

a. 736 après J.-C.
b. 800 après J.-C.
c. 789 après J.-C.
d. 845 après J.-C.

Solution : b.

SI UN IRANIEN NE
CROIT PAS EN DIEU
ET SE BALADE, EST-CE
UN ATHÉE ERRANT ?

LES PERRUQUIERS SE
SENTENT-ILS TOUJOURS
FAUX TIFS ?

JEUX

SUDOKU

FACILE

	3	2	1	7		4	9	5
9	6			4	3	8	1	2
1	5	8		2		6	7	3
						9	8	6
	2						4	
8	1	6					3	
				8		3	6	7
5		3	6	9			2	8
6				3	1		5	

Solution page 612

QUI EST L'INTRUS ?

ZLATAN IBRAHIMOVIC

WAYNE ROONEY

ROBERT LEWANDOWSKI

TIMOTHEY N'GUESSAN

PRESNEL KIMPEMBE

AMANDINE HENRY

DIEGO MARADONA

DEANDRE YEDLIN

MANUEL NEUER

JOHAN CRUYFF

Solution : Timothey N'Guessan est un joueur de handball, tous les autres sont des joueur(se)s de foot.

Une patiente se confie à son médecin :
– Docteur, le petit veut pas prendre les tétées…
– D'accord. Nous allons voir ça. Enlevez votre chemisier et votre soutien-gorge.
Il lui palpe longuement les seins, les malaxe, les lui pince… Au bout d'un moment, il lui dit :
– C'est tout à fait normal que le petit ne prenne pas les tétées madame. Vous n'avez pas de lait.
– Évidemment docteur… je suis sa grand-mère ! Mais je suis quand même contente d'être venue !

JEUX

MOTS CROISÉS

HORIZONTALEMENT

1. Tranquillité de l'âme
2. Cuvelaient
3. Agréable – Oui dans plusieurs langues slaves
4. Observées – Préposition
5. Pronom personnel – Foyer
6. Relatif aux mots interrogatifs – Long terme – Préposition
7. Abîmai – Paresseux
8. Cristal

VERTICALEMENT

I. Ancestral
II. Éminence formée par l'accumulation de terre au-dessus d'une sépulture
III. Ouvertures de moulin – Arsenic
IV. Commune française – Pieu
V. Interjection – Astate
VI. Xénon – Déclaration de travaux – Coulée de lave
VII. Solidifiais
VIII. Lettre de l'alphabet grec – Ville en Normandie

JEUX

	I	II	III	IV	V	VI	VII	VIII
1	A	T	A	R	A	X	I	E
2	T	U	B	A	I	E	N	T
3	A					■		
4	V				■			■
5	I			■				
6	Q		■			■		
7	U				■			■
8	E	■						

Solution page 616

Gérard reçoit la visite
d'un gendarme :
– J'ai une mauvaise
et une bonne nouvelle :
la mauvaise est qu'on vient
de retrouver le corps
de votre femme, accroché
à une bouée, recouvert de
homards et de langoustes.
La bonne est qu'on la ressort
de l'eau dans une heure.

CARRÉ MAGIQUE

FACILE

Obtenez la somme de **15** sur toutes les lignes horizontales et verticales !

7		
5		1
	4	

Solution page 601

Charade

Mon **premier** est un
GRAND PERROQUET,
Mon **deuxième** se **RÉPÈTE**,
Mon **troisième** est le
CRI DU LOUP,
Mon **quatrième** est **APPELÉE**,
Mon **tout** est un
PAYS TRÈS RICHE.

Solution : Arabie saoudite [Ara-Bis-Aouh-Dite]

T'ES DÉJÀ LÀ ? FEIGNASSE ! C'EST PAS EN CHERCHANT UNE HEURE PAR JOUR QUE TU VAS TROUVER DU BOULOT !

Les médecins veulent dater ma vergeture.

LES MÉDECINS VEULENT TÂTER MA VERGE DURE.

De mi-mouche à lourd, voici les catégories de poids en boxe.

Monter sur le ring, ça ne se fait pas au hasard. Découvrez dans quelle catégorie vous pourriez concourir si vous étiez boxeur… selon le poids qui s'affiche sur la balance.

- Mi-mouche : **moins de 47,63 kilos**
- Mouche légère : …**48,99 kilos**
- Mouche : …**50,80 kilos**
- Super-mouche : …**52,16 kilos**
- Coq : …**53,52 kilos**
- Super-coq : …**55,34 kilos**
- Plume : …**57,15 kilos**
- Super-plume : …**58,97 kilos**
- Léger : …**61,23 kilos**
- Super-léger : …**63,50 kilos**
- Mi-moyen : …**66,68 kilos**
- Super-mi-moyen : …**69,85 kilos**
- Moyen : …**72,57 kilos**
- Super-moyen : …**76,20 kilos**
- Mi-lourd : …**79,38 kilos**
- Lourd-léger : …**90,719 kilos**
- Lourd : **plus de 90,719 kilos**

JEUX

MOTS MÊLÉS

Football

Saurez-vous retrouver chacun des mots cachés dans ce tableau ?

Les mots peuvent être écrits horizontalement, verticalement, en diagonale ou à l'envers.

Mots à trouver :

1) AILIER
2) ARBITRE
3) BUT
4) BUTEUR
5) CAGE
6) CORNER
7) CRAMPONS
8) ENGAGEMENT
9) ENTRAINEUR
10) GARDIEN
11) LUCARNE
12) PENALTY
13) POTEAU
14) REMPLAÇANT
15) STADE
16) SUPPORTER
17) SURFACE
18) TERRAIN
19) TOUCHE
20) VAR

JEUX

E	C	O	I	R	X	L	F	V	S	T	Q	U	R	X	P	R	F	J	D
P	N	A	J	L	U	L	N	U	M	Z	H	G	B	O	X	D	L	B	S
C	J	G	G	V	G	E	P	W	T	B	U	M	T	B	X	A	Q	O	F
I	O	M	A	E	P	P	N	N	I	B	Y	E	Y	K	T	E	B	H	D
G	F	R	P	G	O	D	A	I	I	Z	A	P	B	B	V	F	I	V	O
D	S	A	N	R	E	Ç	B	B	A	U	S	W	T	T	H	J	F	O	K
M	M	P	T	E	A	M	E	U	Z	R	O	N	O	G	A	L	D	I	B
C	T	E	Q	L	R	E	E	T	J	W	T	F	P	K	E	U	Y	B	H
L	R	Z	P	Z	A	Z	H	N	V	F	J	N	U	W	R	C	M	S	O
X	L	M	N	I	B	Q	Q	C	T	H	G	C	E	S	T	A	N	O	O
A	E	P	U	J	W	A	Q	E	U	F	X	X	X	E	I	R	O	Y	D
R	Z	W	B	R	Y	W	F	S	J	O	L	D	D	O	B	N	Q	V	N
X	T	E	R	R	A	I	N	I	S	V	T	A	T	K	R	E	D	S	J
U	E	I	P	E	L	D	F	H	Q	H	T	Q	M	R	A	Y	Y	P	Z
A	C	H	E	R	U	E	T	U	B	S	W	I	A	I	A	T	U	R	X
E	A	T	N	Y	A	X	E	T	H	K	F	K	W	I	C	K	J	I	E
D	F	R	A	N	E	I	D	R	A	G	B	N	L	R	A	V	P	F	W
X	R	T	L	C	R	A	M	P	O	N	S	I	I	O	J	G	X	G	I
K	U	L	T	F	M	C	I	Q	V	Y	E	J	E	E	R	D	Z	R	F
Y	S	H	Y	W	T	X	N	F	H	R	V	Z	W	V	R	H	D	W	U

Solution page 604

QUEL FRUIT
DOIT TOUJOURS
SE SACRIFIER
LORS D'UN
COMPROMIS ?

LA POIRE...
EN DEUX.

Vrai ou faux ?

Il est impossible de rire en se chatouillant soi-même.

Vrai.
Lorsque vous riez, c'est parce que votre cortex somatosensoriel a pris conscience que vous êtes en train d'être chatouillé. Si vous essayez de vous « faire des guilis », votre cervelet préviendra votre cerveau de ne pas tenir compte de la sensation perçue. Cette étonnante fonction de l'esprit a vraisemblablement pour but d'ignorer les sensations du corps pour mieux se concentrer sur le monde extérieur.

Laura à son mari
Thomas :
– Je suis sûre que
tu me trompes avec
une autre femme !
Lui, détendu :
– Eh ben, je t'assure
que non ! C'est toujours
la même.

Le saviez-vous ?

- Le dessinateur de bande dessinée Hergé, connu pour être le père de Tintin, a usé d'un procédé astucieux pour inventer son pseudo. Il a inversé les initiales de ses prénom et nom : Georges Remi, GR, RG, Hergé.
- Le psychanalyste Sigmund Freud avait deux phobies pour le moins étranges : les fougères et le nombre 62.
- L'acteur Lambert Wilson a joué pour la première fois dans un film en 1979. Il incarnait un des aliens dans *Le Gendarme et les Extraterrestres*, avec Louis de Funès.
- C'est le Parti communiste français (PCF) qui a créé le magazine *Pif Gadget*, en 1969.

Le saviez-vous ?

Pourquoi les poissons ne coulent-ils pas en dormant ?

Némo aurait-il des dons de lévitation pour parvenir à dormir sans couler tout au fond de l'océan ? Non, mais il possède à la place une vessie natatoire ! Ce drôle de nom désigne un organe situé entre la colonne vertébrale et l'intestin, que l'animal remplit de gaz afin de rester en position stationnaire. Il peut même ajuster la quantité de gaz pour décider de la hauteur appropriée. Cette sorte de sac empli d'air lui garantit une excellente flottabilité et une stabilité à toute épreuve. Pas de doute, ils sont forts ces poissons...

Break news de Marseille

Linda la cagole est morte noyée au Vieux-Port en tentant de s'asseoir sur un banc de poissons.

Pourquoi dit-on...

« Viens faire un karaoké ! »

Le karaoké est né au Japon dans les années 1970. Ce mot-valise est composé de *karappo*, qui signifie **« vide »**, et d'*okesutora*, qui signifie **« orchestre »**. Littéralement, le karaoké désigne donc une activité musicale qui peut se passer de musiciens. Ce loisir, qui récolte un très grand succès au Japon, a été inventé par le musicien Inoue Daisuke. Ce dernier eut l'idée de faire chanter les clients de son bar en les accompagnant d'une cassette audio. Pour aller plus loin, il créa ensuite une machine que l'on peut considérer comme l'ancêtre du jukebox. Même si Inoue Daisuke ne déposa jamais de brevet pour son invention, il eut l'honneur de recevoir un prix Nobel de la paix (parodique) pour avoir favorisé la tolérance entre les peuples !

Humour

Une annonce d'embauche sur le Net est parue ce matin sur Indeed :

« Gynécologue cherche préparateur sur Nice ».

Fred le Niçois est intrigué et veut plus de renseignements sur ce job.

Il contacte le cabinet de gynéco et la secrétaire lui explique :

– Il s'agit de préparer la patiente avant qu'elle n'entre dans le cabinet du gynécologue. Il faut l'aider à retirer ses vêtements, lui faire sa toilette, la raser et lui passer une mousse adoucissante avant de lui mettre sa blouse pour l'examen.

Le salaire est de 4500 euros par mois. Vous devez remplir un dossier et aller à Cannes avec.

– À Cannes ? Mais, sur Indeed, c'était bien spécifié un emploi à Nice.

– C'est exact, mais la file d'attente commence à Cannes.

Le saviez-vous ?

- La **mante religieuse** femelle a pour désagréable habitude de décapiter le mâle après l'accouplement. Cela lui assure une source de nourriture immédiatement disponible afin de faire le plein d'énergie pour porter ses œufs.
- La **scopophobie** est la peur du regard des autres sur soi. Cette phobie se déclenche uniquement en public.
- La majorité des gens se trompe en mettant un **suppositoire**. Il faut l'insérer du côté de la partie plate et non pointue ! Cette forme particulière permet au suppositoire de mieux se déplacer dans le canal anal jusqu'au rectum.
- De nombreux paléontologues estiment qu'un cousin du célèbre **tyrannosaure** possédait des plumes. De fait, il était probablement plus proche d'aspect d'une hirondelle (géante) que d'un stégosaure.

Un gendarme arrête Romain pour excès de vitesse. À sa grande surprise, il s'aperçoit que le jeune homme au volant est complètement nu.
– Vous savez, monsieur, qu'il est strictement interdit de rouler nu ?
– Heu… C'est-à-dire que le concessionnaire m'a dit qu'au-delà de 160 km/h, elle suçait un peu…

JEUX

SUDOKU

MOYEN

	6		7	3			8	
7		4		5	2	1		
				7	8			4
1			6	4	5			8
5			9	2				
		1	3	8		2		9
	2			1	6		3	

Solution page 612

QUE DIT UN HÉRISSON LORSQU'IL RENCONTRE UNE BROSSE À CHEVEUX ?

FRANCHEMENT, VOUS AVEZ DÉJÀ VU UN HÉRISSON PARLER ?

Humour

Mike, sur sa grosse moto, est arrêté à un feu rouge. Un jeune en mobylette, Gaspar, s'arrête à côté de lui :

– Whaouuuu !!! Elle est top cette moto !!!

– Et tu vas voir comme elle va te laisser sur place.

Le feu passe au vert, Mike met les gaz et laisse le jeune Gaspar derrière lui. 300 mètres plus loin, il doit s'arrêter à un autre feu rouge, où il est rejoint par le même jeune :

– Impressionnante ta moto m'sieur ! Mais tu ne penses pas qu'il faudrait mettre ton casque ?

– Allez, va jouer !

Le feu passe au vert, Mike accélère et se retrouve en 20 secondes au feu rouge suivant. Il y est rejoint par le jeune en mobylette :

– Tu sais, tu devrais mettre un casque, c'est dangereux de rouler aussi vite sans casque.

Enervé, Mike ne répond pas. Quand le feu passe au vert, il repart et sème le petit Gaspar. Mais, voyant le feu suivant passer au rouge et ne voulant pas que le jeune le rattrape à nouveau, il le grille. C'est alors qu'une voiture survient de la droite et l'envoie valser sur la chaussée.

Alors qu'il est étendu, complètement sonné, le jeune Gaspar en mobylette passe à côté de Mike et lui dit :

– C'est fou. Tu es le sixième motard sans casque que je vois se planter depuis ce matin !

Le saviez-vous ?

Quand nos présidents égarent les codes de la bombe nucléaire !

Quel est le point commun entre Bill Clinton, François Mitterrand et Jimmy Carter ? Une fâcheuse tendance à perdre leurs affaires… qui aurait pu leur coûter très cher !

S'il y a bien un objet qui ne doit pas tomber entre de mauvaises mains, c'est le « biscuit ». On ne parle pas ici de gâteau à déguster avec un thé, mais bien d'une carte sur laquelle sont inscrits les codes de la bombe nucléaire. Ultra-secrets, évidemment, ils sont en permanence en possession du chef d'État durant la durée de son mandat. Mais il s'avère que certains présidents sont un peu plus distraits que d'autres…

François Mitterrand et Jimmy Carter ont commis la même bourde : oublier le « biscuit » dans la poche de leur costume avant de l'envoyer au pressing. Le président des États-Unis de 1977 à 1981 n'a jamais officiellement confirmé cette histoire. Quant à notre chef d'État français, peu de temps après son élection en 1981, il a annoncé à ses convives médusés : « J'ai failli perdre la clé du code atomique ! »

L'histoire de Bill Clinton est encore plus folle : le président des États-Unis aurait égaré le « biscuit » pendant près de quatre mois durant l'année 2000. Son ex-chef d'État-major, Hugh Shelton, raconte l'anecdote dans ses mémoires : « Quand un responsable du Pentagone est venu le voir un jour à la Maison-Blanche pour la confirmation des codes (une procédure de routine), l'aide en question l'a congédié en lui assurant que le président Clinton les avait en sa possession. » Le même manège se reproduit quatre fois d'affilée, jusqu'au moment où il devient nécessaire de changer les codes. « À ce moment-là, nous avons découvert que l'aide n'avait aucune idée de l'endroit où se trouvaient les anciens codes, parce qu'ils avaient disparu depuis des mois ! »

Et dire que vous aviez peur d'égarer vos clés…

QUIZ

De quel mouvement littéraire Ronsard et du Bellay font-ils partie ?

a. Des Lumières.
b. Du classicisme.
c. De la Pléiade.
d. Du baroque.

Solution : c. En 1547, Pierre de Ronsard rencontre Joachim du Bellay, avec qui il fonde le mouvement de la Pléiade.

Humour

Annie s'apprête à passer sa nuit de noces. Comme elle est un peu nunuche, sa mère lui prodigue ses conseils :
– Surtout, ne t'étonne pas si ce soir Léon te met son truc dans ton machin...
– Son quoi ???
– Ben, son truc qui lui sert à faire pipi, tu sais bien !
– Ah oui, et alors ?
– Alors, au début, ça fait mal, mais après, tu verras comme c'est bon !
Le soir, les jeunes mariés sont au lit, mais Léon, aussi peu déluré qu'Annie, ne se décide pas à passer à l'action.
Elle lui dit :
– Dis donc mon Léon, j'ai bien envie que tu me fasses mal avec ton truc qui sert à faire pipi !
Alors, tranquillement, Léon se lève, prend le pot de chambre... et lui fracasse le crâne.

- Les dauphins entendent **14 fois** mieux que les êtres humains. Ils peuvent même capter un son à plusieurs kilomètres de distance sous l'eau.
- L'Angleterre ne compte pas d'endroit éloigné de plus de **120 kilomètres** de la mer.
- Winston Churchill aurait fumé environ **250 000 cigares** dans sa vie.
- Il y a **16,9 millions** d'hectares de forêt en France, soit **31 %** de la surface du pays.
- Le *P* est la seule lettre de l'alphabet qui compte **1 seule** extrémité.
- Un homme peut faire les magasins pendant en moyenne **72 minutes** avant de se lasser, contre 100 minutes pour une femme.

QU'EST-CE QUE TU FAIS CE SOIR ?
J'AI UN PLAN À TROIE !

Les gens qui ont échappé à la mort disent qu'ils ont vu toute leur vie défiler devant leurs yeux. Et les aveugles ? Ils entendent juste une bande-son ?

QU'EST-CE QU'UN GENTLEMAN EN GRÈCE ?

C'EST UN HOMME QUI ATTEND D'ÊTRE SORTI TROIS FOIS AVEC UNE FILLE AVANT DE FAIRE DES PROPOSITIONS À SON FRÈRE.

LABYRINTHE

FACILE

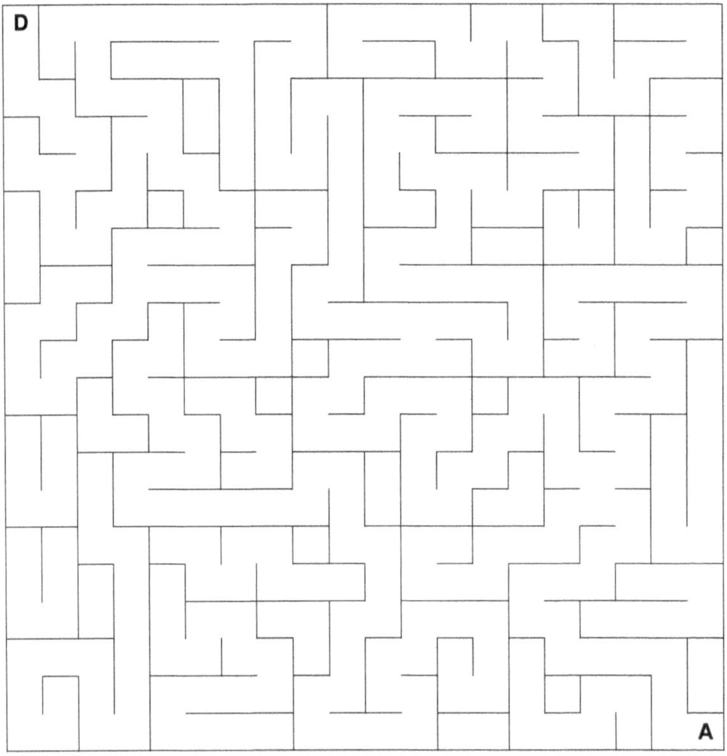

Humour

Pierre est complètement bourré et vient sonner chez des gens à 4 heures du matin.
Un gars sursaute en pleine nuit, ouvre les volets et lui demande, furieux :
– Qu'est-ce que tu veux ???
– Venez me pousser ! Il faut que vous veniez me pousser !
Excédé, le gars remballe Pierre :
– Tu plaisantes ou quoi ? Il est 4 heures du mat' ! Et tu me réveilles pour me dire de te pousser ??? Va te faire foutre !!!
De nouveau dans son lit, sa femme le sermonne :
– Quand même, tu exagères ! Ça t'est déjà arrivé de tomber en panne ! Tu aurais pu le pousser ce pauvre type !
– Mais, ma chérie, il est bourré…
– Raison de plus pour le pousser. Il ne va pas y arriver tout seul. Non, là je ne te reconnais pas. Je suis très déçue de ton attitude.
Son mari, pris de remords, se lève, s'habille et descend. Il ouvre sa porte d'entrée, ne voit personne dans la rue :
– Eh oh mec !!! Tu es où ???
Et Pierre lui répond au loin :
– Ici !!! Sur la balançoire !!!

Le saviez-vous ?

Enterrer son slip, une drôle d'idée… écolo !

En 2015, le ministère de l'Agriculture de l'Ontario (Canada) a donné une consigne surprenante : enterrer un de ses slips en coton dans son jardin. Il ne s'agit pas d'un canular, mais du résultat d'une étude scientifique très sérieuse sur la bonne santé des sols. Si le slip est dégradé lorsqu'on le déterre quelques mois plus tard, c'est bon signe ! Cela signifie que la terre est riche en micro-organismes, essentiels pour la pousse des plantes et l'infiltration de l'eau dans le sol. En effet, les bactéries et champignons ne voient pas la différence entre le carbone contenu dans la terre et celui dans les fibres en coton de votre petite culotte. Un bon test pour savoir si votre jardin est en pleine forme !

CARRÉ MAGIQUE

MOYEN

Obtenez la somme de **123** sur toutes les lignes horizontales et verticales !

37	5		28		24
8		4		27	22
30		11	21		29
	34		12	16	20
35	9	31		18	
	32	33	19	14	15

Solution page 601

Le saviez-vous ?

Les dix premiers utilisateurs de Facebook

Ils n'imaginaient pas à ce moment-là que Facebook allait révolutionner Internet et devenir une référence dans le monde entier…
Voici les dix premières personnes à s'être inscrites sur le réseau social lors de sa création en 2004 :

1. Mark Zuckerberg
Logique ! Le célèbre fondateur de Facebook est devenu le plus jeune milliardaire au monde après ce coup de génie.

2. Chris Hughes
Il a co-fondé Facebook avec Mark Zuckerberg et a été le tout premier porte-parole de l'entreprise. En 2008, il s'est lancé dans la politique en rejoignant la campagne de Barack Obama.

3. Dustin Moskovitz
C'est le troisième co-fondateur de Facebook, mais aussi le deuxième plus jeune milliardaire au monde derrière Mark Zuckerberg. En 2008, il a également décidé d'arrêter l'aventure Facebook pour créer la société Asana, spécialisée dans l'innovation numérique à destination des entreprises.

4. Arie Hasit
Le premier à ne pas faire partie des fondateurs de Facebook, Arie Hasit était un ami de Mark Zuckerberg. Comme toutes les autres personnes de la liste, il était étudiant à Harvard.

Le saviez-vous ?

5. Andrew McCollum
Andrew McCollum a designé le premier logo de Facebook, où apparaissait le visage d'Al Pacino jeune.

6. Colin Kelly
Après avoir étudié le droit à Harvard, il a continué son cursus à l'université de Columbia. Aujourd'hui, il travaille pour un cabinet new-yorkais.

7. Mark Kaganovich
Il étudiait la bio-informatique à Harvard. Depuis, il a fondé sa société, SolveBio, spécialisée dans la technologie de pointe pour la médecine.

8. Andrei Boros
Après son parcours à Harvard, Andrei Boros est devenu trader à Londres.

9. Manuel Antonio Aguilar
Cet entrepreneur social travaille dans le domaine des énergies renouvelables.

10. Zachary Bercu
Il est médecin radiologue au Mount Sinai Hospital, l'un des hôpitaux les plus prestigieux de New York.

Après 10 ans de vie commune avec son banquier, elle se rend compte que son mariage est un constat des chèques !

Monsieur et Madame Chemenconne ont une fille. Comment s'appelle-t-elle ?

Teva.

Les mouches aussi aiment jouir !

La drosophile, une variété de mouche commune, éprouve du plaisir lors de l'éjaculation. C'est en tout cas ce qu'a conclu une étude très originale menée par des chercheurs américains et israéliens. Pour en avoir le cœur net, ils ont soumis des mouches mâles à une lumière rouge, stimulant ainsi leurs neurones responsables de la libération du sperme. Ils se sont rendu compte que les insectes cherchaient systématiquement à se trouver dans cette lumière, dans le but probable de ressentir à nouveau cette sensation agréable. Malheureusement pour les mouches femelles, l'étude en a déduit que l'acte sexuel ne semblait pas leur procurer le même effet…

J'ai un gros doute sur l'efficacité réelle des astuces de grand-mère ! Les miennes sont toutes les deux mortes !

Le saviez-vous ?

Pourquoi ne se rappelle-t-on pas le jour de sa naissance ?

Votre première vision du monde, le sourire de votre mère, les pleurs d'émotion de votre père… Ces souvenirs pourtant précieux nous restent inaccessibles. Des chercheurs de l'université de Toronto se sont demandé pourquoi aucun être humain ne se rappelait le jour de sa naissance. Ils ont pratiqué des expériences sur des souris en les soumettant à des chocs électriques. Lorsqu'on les ramenait sur le lieu du traumatisme, les souris, du fait de leur activité cérébrale réduite par des médicaments, en avaient un souvenir bien plus marqué. Les scientifiques en ont donc déduit que la neurogenèse, autrement dit la création de nouveaux neurones, a pour effet de supprimer les souvenirs les plus anciens. Ce comportement est beaucoup plus marqué chez les enfants, qui voient exploser leur nombre de neurones dans les trois premières années de leur vie.

La police allemande
ramène à sa famille
un petit garçon qui s'était
enfui de chez lui.
Le père, M. Bach,
demande à son petit :
– Alors, Jean-Sébastien,
on a encore fait
une fugue ?

Humour

Moshé rencontre un de ses amis, David, qu'il avait perdu de vue depuis le collège. Il lui demande :

– Alors David ? Comment vas-tu ? La santé, la famille, les affaires ?

– Eh bien, j'ai monté une affaire dans le textile et ça marche super bien !

– Ah bon ? Moi aussi ! lui dit Moshé. J'ai un hôtel particulier dans le 16ᵉ et une villa à Deauville.

– Moi aussi ! Je me suis marié et j'ai deux beaux enfants. Et toi ?

– Je me suis marié aussi et j'ai trois enfants.

– Moshé, tu t'es marié aussi à une juive, évidemment ?

– Eh bien non. Je me suis marié avec une goy.

– Quoi ??? Mais ce n'est pas possible ! Toi, Moshé, fils de rabbin !

– C'est que, vois-tu, une fois elles ont mal à la tête, une fois elles sont fatiguées, une autre ce n'est pas le moment…

– Mais les goy, c'est pareil, il me semble !

Et Moshé lui répond :

– Oui, mais là, vois-tu, je m'en fous !

JEUX

SUDOKU

DIFFICILE

9							5	8
					7	1	9	4
2	1							
	8		2	4		3		
		5		7	9		2	
							1	6
8	3	6	1					
1	7							3

Solution page 612

MOTS MÊLÉS

Boissons alcoolisées

Saurez-vous retrouver chacun des mots cachés dans ce tableau ?

Les mots peuvent être écrits horizontalement, verticalement, en diagonale ou à l'envers.

Mots à trouver :

1) ABSINTHE
2) ARMAGNAC
3) BIERE
4) CALVADOS
5) CHAMPAGNE
6) CIDRE
7) COGNAC
8) COINTREAU
9) ~~CURAÇAO~~
10) GENEPI
11) GIN
12) KIRSCH
13) LIMONCELLO
14) ~~PASTIS~~
15) ~~RHUM~~
16) SAKE
17) TEQUILA
18) VIN
19) ~~VODKA~~
20) WHISKY

JEUX

I	N	V	M	F	L	O	E	C	P	J	N	A	U	X	O	V	L	P	L
A	X	P	I	T	I	H	W	A	D	W	I	L	H	Q	I	P	R	A	K
A	D	Z	P	C	T	A	B	S	S	K	V	I	I	R	G	K	R	S	V
R	H	U	M	N	O	I	Q	F	Z	I	I	U	Z	S	Z	Z	U	T	A
Z	Y	D	I	A	E	I	R	Y	G	R	U	Q	H	I	A	K	O	I	H
O	N	S	F	F	R	C	N	T	O	S	I	E	Z	Z	B	L	W	S	O
D	B	Q	O	N	F	M	O	T	N	C	O	T	W	Q	L	X	P	H	H
A	R	Y	C	S	N	O	A	R	R	H	W	E	W	E	F	U	M	A	P
R	J	U	V	I	S	N	J	G	F	E	F	O	C	U	W	O	V	T	Y
G	C	S	R	S	F	N	D	V	N	W	A	N	F	W	X	X	K	R	Z
A	M	A	S	E	J	G	U	E	O	A	O	U	A	X	G	K	S	E	Z
E	N	G	A	P	M	A	H	C	K	M	C	C	C	R	B	R	P	K	X
S	O	D	A	V	L	A	C	N	I	A	I	T	A	O	S	L	B	L	G
Z	I	E	B	E	H	S	R	L	I	D	S	G	N	V	W	M	A	E	D
B	R	Y	R	V	F	A	L	S	R	G	G	C	G	W	A	W	N	L	Z
G	W	E	L	Q	A	N	F	E	J	G	X	R	O	D	H	E	W	D	E
Y	I	O	P	B	N	N	I	C	Y	H	O	S	C	Q	P	I	R	Q	F
B	C	U	R	A	Ç	A	O	N	Y	H	B	W	Z	I	Z	G	S	O	M
V	O	D	K	A	H	M	G	I	Q	E	B	L	X	E	G	S	H	K	W
Y	Z	F	J	W	T	Q	G	E	T	R	Y	I	U	Q	T	O	B	L	Y

Solution page 604

COMMENT SAVOIR SI UN IRLANDAIS A DE LA CLASSE ?

IL RETIRE LA VAISSELLE AVANT DE PISSER DANS L'ÉVIER.

ON JOUE AU DOCTEUR?
OK, PRENEZ RENDEZ-VOUS AVEC MA SECRÉTAIRE, IL Y A 3 MOIS DE DÉLAI...

Fêtez ! Et les pistes seront plus gaies !

PÈTEZ ! ET LES FISTS SERONT PLUS GAIS !

Yoann dit à son pote Mario :
– Hier, en boîte, je dansais tranquillement avec ma voisine, quand son mari est arrivé en courant et lui a mis un grand coup de pied dans la chatte !
– Oh putain ! Ça doit faire mal !
– C'est clair… Ça m'a pété trois doigts !

Il y a un nombre d'amis officiel à ne pas dépasser !

On n'a jamais trop d'amis, non ? Eh bien, si. L'anthropologue Robin Dunbar a mené une étude pour savoir quel était le nombre d'amis idéal pour un être humain. Ses conclusions sont sans appel : le nombre de meilleurs amis parfait est 5. Si vous êtes un peu plus sociable, sachez que l'on peut avoir jusqu'à **150 amis** et **1 500 relations** superficielles.

Au-delà de **150 amis**, notre néocortex n'est plus en mesure de former des relations authentiques et réciproques. Il s'agit là du nombre de Dunbar, le taux à ne pas dépasser pour assurer des interactions sociales qui garantissent la confiance et la cohérence au sein de notre société.

Et si vous pensiez à vos innombrables followers, sachez que l'auteur des travaux ne compte pas les « amis » des réseaux sociaux, considérés comme de simples connaissances...

Charade

Mon **premier** est une **NOTE DE MUSIQUE**,

Mon **deuxième** est **CUIT**,

Mon **troisième** **PRÉSIDE**,

Mon **quatrième** est **EMPRESSÉ**,

Mon **cinquième** cadre le **TEMPS**,

Mon **tout** **CONSERVE**.

Solution : Réfrigérateur [Ré-Frit-Gère-Hâte-Heure]

J’ai bien étudié le pouvoir des pierres… A priori, pour éloigner les cons, l’idéal reste le parpaing !

Les femmes pleurent-elles plus que les hommes ?

Préjugé sexiste ou vérité ? La science a tranché, les femmes pleurent en effet plus que les hommes : précisément deux à quatre fois par mois, contre une à deux fois tous les deux mois pour ces messieurs. D'après les déclarations du panel interrogé, seulement 6 % des femmes ne pleureraient pas au moins une fois par mois.
Tout se jouerait au niveau de la taille des glandes lacrymales, qui sont plus longues chez les femmes, mais surtout au niveau des hormones. Le taux de prolactine étant plus élevé chez les membres du sexe féminin, leur vulnérabilité émotionnelle serait un peu plus forte. Au contraire, la testostérone inhiberait partiellement la production de larmes, ce qui expliquerait que les différences entre les deux sexes ne soient pas visibles avant la puberté.
Selon certains scientifiques, pleurer serait une preuve d'empathie et un outil de communication puissant, deux qualités traditionnellement plus associées aux femmes.
Enfin, n'oublions pas que notre société a tendance à réprouver les hommes qui se laissent aller à pleurer. C'est le cas dans la plupart des situations du quotidien, mais pas pour les grands événements tels qu'un deuil, une maladie ou une rupture amoureuse. Dans ces cas-là, il est socialement acceptable pour les hommes de sortir leur mouchoir…

JEUX

MOTS CROISÉS

HORIZONTALEMENT

1. Petits socles munis d'une pointe
2. Utilisasse de l'ozone
3. Nuançás – Chrome
4. Olympique de Marseille
5. Ancien – Rutherfordium – Commune française en région Normandie
6. Commune française en région Bourgogne-Franche-Comté
7. Femme âgée ridicule et prétentieuse
8. Scandium – Astate

VERTICALEMENT

I. Béatitudes
II. Cinéaste japonais – Ondes courtes
III. Serpents carnivores – Samarium
IV. Commune française en région Occitanie – Auteur de la série *Boule et Bill*
V. Calcium – Génie malfaisant
VI. Hassium – Néon
VII. Célèbre trafiquant de drogue
VIII. Commune française en région Auvergne-Rhône-Alpes

	I	II	III	IV	V	VI	VII	VIII
1								
2								
3					■	■		
4		■		■		■		
5			■			■		
6		■						
7								
8			■			■	■	

Solution page 616

Le jeune ado Mario, 15 ans,
séduit Léa toute la journée et
la raccompagne chez elle en
l'absence de ses parents.
Il l'embrasse et commence
à lui dégrafer la robe.
– Non, je peux vraiment pas…
J'ai mon cycle.
– C'est pas grave.
Moi, j'ai ma mobylette…

QUI EST L'INTRUS ?

VÉSUVE

SAKURAJIMA

KRAKATOA

MERAPI

TAMBORA

HEKLA

EVEREST

SLAMET

Solution : L'intrus est l'Everest. C'est une montagne, tandis que les autres sont des volcans.

Gérard consulte son médecin :
– Docteur, je crains de devenir sourd. Je n'entends plus ma femme quand elle me parle.
– Eh bien, je pense que vous devriez sortir plus souvent, passer vos soirées au bistrot avec vos potes et draguer toutes les jolies filles que vous croisez.
– Heuuu… vous croyez que j'entendrai mieux ?
– Non, mais votre femme criera plus fort.

COMBIEN DE TEMPS UN SAC À DOS MET-IL POUR DEVENIR UN SAC ADULTE ?

Gérard arrive pour la première fois à New York. Perdu, il appelle un ami qui habite sur place.

– Ok, je viens te chercher. Dis-moi juste où tu es.

– Je suis à l'angle de deux rues.

D'accord, mais lesquelles ?

– *Walk* et *Don't Walk*.

QUIZ

De l'œuvre de quel écrivain est tirée la célèbre question « Que sais-je ? »

a. Descartes.
b. Diderot.
c. Voltaire.
d. Montaigne.
e. La Boétie.

Solution : d.

Marre du porno !!!

C'était ma plainte contre X.

CARRÉ MAGIQUE

DIFFICILE

Obtenez la somme de **308** sur toutes les lignes horizontales et verticales !

55	20	13	66			29	50
62		8		46	33	24	51
64	11	70	9	32		54	41
69	58		12	53	26		28
	10	63	60	37	42	31	
16		22	57		43	38	25
	65	56		30	49	40	35
7	68		18	23	52	45	

Solution page 601

Comment fait-on les doublages de films porno ?

Pour doubler les voix des acteurs et des actrices de films pornographiques, il suffit de faire appel à des doubleurs professionnels. Mais comment reproduire les bruits inhérents à l'acte sexuel ? Petits secrets de tournage : pour imiter un rapport sexuel, il suffit de frapper la paume de sa main avec son poing. Les bruitages de fellation sont obtenus en suçant son pouce et ceux de cunnilingus en faisant clapoter ses doigts dans un verre d'eau ! Pensez-y la prochaine fois que vous regarderez un film coquin.

– Chérie, tu sais que c'est demain le 14 février ?

– Oh mon amour… tu y penses !

– Bah oui, t'as vu la date limite des yaourts ? Faut les finir ce soir.

JEUX

SUDOKU

FACILE

5			8		4			7
				5				
3	6		1		9		2	4
		9	4		8	7	5	
	4			9			1	
	8	3	5		7	4		
4	5		9		1		6	2
				3				
1			2		5			9

Solution page 612

LABYRINTHE

MOYEN

– Docteur, c'est mon quatrième mari qui meurt du tétanos ! Qu'est-ce qu'il faut faire ?

– Il faut changer de stérilet !

HOU HOU !
HAAAAA
C'EST MOI ! J'AI OUBLIÉ MON DRAP...
T'ES CON, TU M'AS FAIT UNE DE CES PEURS !!!

Les bigleux ont trouvé leur maître !

Léonard de Vinci était un des plus grands peintres que la Terre ait portés. Et si on vous disait que son talent était en partie dû à… son strabisme ? Un spécialiste londonien de l'optométrie affirme que Léonard de Vinci souffrait vraisemblablement d'une exotropie intermittente, une variété de strabisme. Autrement dit, un de ses yeux partait vers l'extérieur. Selon l'expert, cette particularité permettait au grand maître italien de renforcer la profondeur et la perspective dans ses tableaux. D'où, notamment, sa facilité à peindre des personnages en 3D. Le secret de la Joconde ?

PAROLES DE CÉLÉBRITÉS

« Si ça tape contre la vitre,
alors c'est pas encore cuit. »
Maïté

« J'ai envie de ken. »
Barbie

« On peut rire de tout,
mais pas avec Will Smith. »
Chris Rock

« Il éclair que j'en ai rien à foudre ! »
Claude François

Humour

« Je te laisse Marie-Antoinette,
ça va couper… »
Louis XVI

« Ne me. »
Jacques Bref

« Les blagues racistes, ça sert aryen. »
Hitler

2014/2015 : « Je gombren ba. »
2015/2016 : « Je gombren ba. »
2016/2017 : « Je gombren ba. »
2017/2018 : « Je gombren ba. »
2018/2019 : « Je gombren ba. »
2019/2020 : « J'ai vailli gombren. »
2020/2021 : « Je gombren ba. »
2021/2022 : « Je gombren ba. »
…

Nasser al-Khelaïfi,
président du PSG

Les chameaux aussi ont recours au botox

Les injections de botox sont chose courante chez les actrices et les acteurs, voire chez les starlettes de la téléréalité. Mais les chameaux ont également droit à leur dose de produit rajeunissant ! La preuve : en Arabie saoudite, les concours de beauté pour chameaux sont très populaires. Comme le relate la chaîne de télévision Al Jazeera, certains candidats sont prêts aux pratiques les plus déloyales pour remporter le prix du plus beau chameau. Ils n'hésitent donc pas à faire subir aux camélidés des injections de botox pour apporter plus de volume à leurs lèvres, leurs bosses ou encore leur cou. Bien sûr, les tricheurs sont disqualifiés si le jury se rend compte de la supercherie.

« L'envers,
c'est les autres. »

Une chauve-souris

Vrai ou faux ?

Cléopâtre était égyptienne

Faux.
La célébrissime Cléopâtre était d'origine grecque ! L'amante de Jules César, connue pour sa beauté et sa prestance légendaire, descend de Ptolémée, général d'Alexandre le Grand.

– J'en ai une courte qui
fait rire à chaque fois.
– Vas-y, raconte.
– Je ne parlais pas
d'une blague…

Mon comptable rêve de bible et de gros chiffres.

MON COMPTABLE RÊVE DE BIFLE ET DE GROS CHIBRES.

Au cours d'une croisière dans l'Atlantique, le capitaine du paquebot fait une annonce aux 3 000 passagers :

– Mesdames et messieurs, j'ai une bonne et une mauvaise nouvelle. Par laquelle je commence ?

Les gens répondent en chœur :

– La bonne !

Alors le capitaine répond avec un large sourire :

– Nous allons recevoir 11 Oscars.

Pourquoi les femmes vivent-elles plus longtemps que les hommes ?

Les derniers résultats de l'Insee (2021) le confirment : une femme vit en moyenne 85,4 ans, contre 79,3 ans pour un homme. Mais à quoi est due cette disparité ? Selon la science, deux raisons peuvent être avancées. La première, c'est que le taux de lymphocytes T, chargés de protéger notre organisme contre les virus et les bactéries pathogènes, diminue avec l'âge. Or, cette baisse est plus marquée chez les hommes que chez les femmes, ce qui les rend davantage susceptibles de développer des maladies. La deuxième, c'est que le fer contenu dans notre corps n'a pas qu'un rôle positif : il favoriserait l'apparition de radicaux libres, pouvant mener à des troubles cardiovasculaires avec l'âge. Les femmes seraient moins touchées, car leur organisme est généralement plus pauvre en fer à cause des menstruations. On peut le dire : ces messieurs sont donc un peu plus fragiles !

Julien rentre chez lui et trouve sa femme Lucie en train de faire ses valises…

– Mais, qu'est-ce que tu fais ?

– Je te quitte pour vivre une vie meilleure à Monaco… J'ai vu dans un reportage qu'on pouvait se faire 500 euros pour une relation sexuelle…

Julien réfléchit, sort sa valise et commence à y entasser quelques affaires.

– Mais qu'est-ce que tu fais ? demande Lucie.

– Je vais à Monaco aussi… Je veux voir comment tu te débrouilles avec 1 000 euros par an…

JEUX

MOTS MÊLÉS

Enseignes de supermarché

Saurez-vous retrouver chacun des mots cachés dans ce tableau ?

Les mots peuvent être écrits horizontalement, verticalement, en diagonale ou à l'envers.

Mots à trouver :

1) ALDI
2) ATOO
3) BIOCOOP
4) CARREFOUR
5) CASINO
6) COCCINELLE
7) DIAGONAL
8) FRANPRIX
9) GEANT
10) INTERMARCHE
11) LEADERPRICE
12) LECLERC
13) LIDL
14) MONOPRIX
15) PICARD
16) PROXI
17) SUPERU
18) UTILE
19) VIVAL
20) VIVECO

JEUX

I	W	V	N	H	Y	P	Y	E	E	C	R	A	M	F	L	R	I	I	U
E	N	J	K	M	R	I	L	X	C	Y	A	O	T	E	M	U	W	R	B
L	U	T	F	U	A	C	L	A	B	I	N	R	C	O	V	G	E	P	I
L	A	V	E	H	O	A	Y	H	N	O	R	L	R	I	O	P	V	V	O
E	P	P	U	R	P	R	T	X	P	O	E	P	V	E	U	G	S	S	C
N	M	J	K	Q	M	D	D	R	A	R	G	E	R	S	F	D	L	V	O
I	V	I	V	A	L	A	I	N	C	B	C	A	N	E	X	O	V	J	O
C	M	C	O	N	W	X	R	H	X	O	A	S	I	F	D	J	U	Z	P
C	L	U	W	R	G	B	F	C	U	A	L	B	P	D	M	A	B	R	N
O	E	D	M	G	M	T	A	C	H	P	D	R	T	A	A	M	E	V	U
C	P	J	G	L	J	Q	E	L	O	E	I	R	N	T	W	L	S	L	M
I	P	O	T	D	I	N	V	H	P	N	C	D	S	B	K	V	L	N	T
C	A	S	I	N	O	I	A	R	F	V	U	T	H	U	J	Y	D	U	D
L	H	S	Y	Y	X	V	X	J	K	P	I	T	N	A	E	G	I	D	X
R	Z	B	W	O	P	X	I	R	P	N	A	R	F	X	M	G	L	X	S
T	E	C	R	S	E	T	D	X	E	Y	Q	I	W	M	T	A	H	R	U
Z	K	P	U	C	Y	W	S	K	U	A	H	C	U	K	N	N	N	S	Z
D	T	R	R	N	J	W	P	W	N	H	E	L	I	T	U	B	W	N	W
C	K	P	Y	X	S	N	X	F	R	V	Q	N	J	C	M	X	X	Q	T
G	H	A	R	R	Q	O	H	U	T	A	F	I	J	N	K	P	N	L	O

Solution page 605

QUELLE EST LA DIFFÉRENCE ENTRE UNE FEMME DE 150 KG ET UN SANGLIER DE 150 KG ?

LE SANGLIER, QUAND TU L'AS TIRÉ, TU T'EN VANTES...

Pourquoi coupe-t-on chaque fromage différemment ?

Hors de question de saboter le meilleur moment du repas ! S'il faut faire attention au moment de servir le fromage, c'est parce que la technique de coupe est primordiale. Elle vise à donner des morceaux d'égale qualité à chaque convive, avec autant de croûte ou de cœur coulant par exemple. Voyez plutôt :

- La briquette de brebis se coupe dans la largeur, en fines tranches.
- Le camembert se coupe, comme son nom l'indique… en camembert ! C'est également le cas du reblochon et du saint-nectaire, mais aussi du maroilles ou du pont-l'évêque malgré leur forme carrée.
- Le gruyère et le comté se coupent en étoile.
- Le brie se coupe dans un sens très particulier, en commençant par la pointe : d'abord trois triangles isocèles, puis trois rectangles de taille à peu près égale.
- Inutile de réfléchir pour le mont d'or ou l'époisses, que l'on déguste tout simplement à la cuillère.

Dans un couple, quand il y a de l'eau dans le gaz, c'est de la faute à qui ?

CO_2.

L’astuce ultime pour sauver l’apéro

C’est l’été, vous vous apprêtez à déboucher une bouteille de rosé entre amis, et là, c’est le drame : vous avez oublié de la mettre au frais. Heureusement, il existe une solution magique pour refroidir votre bouteille en seulement cinq minutes.
Le mode d’emploi :

- Mettez dans un seau à champagne le contenu d’un demi-verre d’eau et deux kilos de glaçons.
- Mélangez.
- Ajoutez un kilo de gros sel et attendez trois minutes.
- Placez la bouteille dans le seau à champagne. Elle refroidit instantanément !

Voici l’explication de ce tour de passe-passe : en fondant, les glaçons consomment de l’énergie. Ils absorbent les calories thermiques de l’eau, qui, logiquement, se refroidit. C’est là qu’entre en jeu le gros sel, qui abaisse le point de congélation de l’eau. La température continue alors à descendre, passant le cap de 0 degré pour aller jusqu’à -20 degrés.
Si vous avez choisi une bouteille remplie d’un liquide gazeux, par exemple du champagne, ne la laissez pas plus de quelques minutes dans le seau. En effet, à l’ouverture de la bouteille, l’échappement du gaz va faire chuter la pression de manière brutale, et le précieux liquide pourrait instantanément geler. Ce serait dommage, après tous ces efforts…

LE LION EST LE ROI DE LA JUNGLE. MAIS IL N'A PEUR QUE D'UN SEUL ANIMAL. LEQUEL ?

LA LIONNE.

SUDOKU

MOYEN

							2	
		6		7		5		1
			6	5		9		
7				3				6
8	5	1		6		2	4	3
2				4				5
		7		2	4			
9		2		8		3		
	3							

Solution page 612

Si t'entends
une voix qui te dit
quoi faire, t'es pas
schizophrène.
T'es en couple…

ACOOLISME CHEZ LES CRABES...

QUI EST L'INTRUS ?

RHIN

LOIRE

MEUSE

RHÔNE

LÉMAN

SEINE

GARONNE

Solution : Léman, puisque c'est un lac. Tous les autres sont des fleuves.

CARRÉ MAGIQUE

FACILE

Obtenez la somme de **38** sur toutes les lignes horizontales et verticales !

		8	15
	14	3	12
11	4		
16			5

Solution page 601

Le saviez-vous ?

Huiles de cuisson : les faux amis

Lorsqu'on s'intéresse à la nutrition, il peut être difficile de s'y retrouver parmi les dizaines d'huiles végétales existantes. L'huile d'olive, d'avocat, de sésame, de carthame, de soja… Autant de produits intéressants pour bien cuire ses aliments tout en variant les apports en matières grasses végétales. Mais il ne faut pas tomber dans le piège de ces faux amis :

- **L'huile de noix de coco**

Très tendance depuis quelques années, l'huile de coco est un excellent produit cosmétique (démaquillant, hydratant pour la peau, masque pour les cheveux…). Cependant, et contrairement aux idées reçues, elle n'est pas recommandée en dehors de la salle de bains. L'huile de coco est beaucoup trop riche en acides gras saturés pour être intéressante en cuisine ; elle contribue notamment à l'augmentation du mauvais cholestérol.

- **L'huile de lin**

L'huile de lin est riche en bienfaits et permet de lutter contre l'hypertension, les maladies cardiovasculaires et le diabète. Toutefois, elle est très délicate et ne doit jamais être utilisée comme huile de cuisson ! Réservez-la pour vos salades.

- **L'huile de tournesol**

L'huile de tournesol peut être utilisée pour vos fritures et vos cuissons, mais avec modération. En effet, elle forme une pellicule grasse qui a du mal à s'écouler des aliments, augmentant ainsi le nombre de calories dans l'assiette. Préférez-lui l'huile de colza, qui contient tout autant d'oméga-6 et plus d'oméga-3.

- **L'huile de palme**

Certes, l'huile de palme est tout indiquée pour faire de délicieuses fritures. Mais elle est également chargée en acides gras saturés et monosaturés, donc pas idéale pour la santé. Sans parler de la déforestation que sa culture engendre en Asie du Sud-Est…

– JE SUIS À BOUT !!! J'en peux plus de ce gosse !!! Je vais le vendre sur Market Place.

– T'es folle !!! Tu l'as porté quand même !!!

– T'as raison, je vais le mettre sur Vinted !

POURQUOI VEND-ON,
À MARSEILLE,
DES PAQUETS DE
CIGARETTES
VIDES ?

POUR LES
CAGOLES NON
FUMEUSES.

Quelle est la (vraie) fortune du richissime Picsou ?

Les enfants aiment rire devant les crises de nerfs du canard le plus radin de l'histoire de la bande dessinée. Leurs parents, dont vous faites peut-être partie, se posent plutôt une question existentielle : à quel point cet avare de Picsou est-il riche ?

Figurez-vous que le site Live Science a très sérieusement tenté de répondre à cette question. Ils se sont basés sur un plan de la BD *Les Rapetout contre le coffre-fort*, dans lequel on apprend que le fameux coffre du multimilliardaire est haut de **39 mètres** et large de **37**... En observant les illustrations, Live Science a estimé que les trois quarts du coffre étaient remplis. Cela nous donne un savant calcul : **4 854,92 m^3** de pièces, soit **93 612 631,995 kilos d'or**.

Le taux de l'or étant fixé approximativement à **56 039,07 dollars** le kilo en 2021, il s'ensuit donc que Picsou possède **5 247 milliards** de dollars ! Jeff Bezos et Elon Musk doivent en être verts de jalousie...

Humour

L'hiver approche et Gérard, le fermier, décide de rentrer les bêtes à l'étable.

Pour les cochons et les moutons, il n'y a pas de problème. Mais pour les autres, il manque de place et doit mettre côte à côte son petit âne et le taureau. Il craint cependant que, dans la chaleur et le confort de l'étable, le taureau n'ait de mauvaises pensées et s'accouple avec l'âne.

Pour que le taureau ne soit pas tenté, Gérard recouvre son âne d'un grand drap blanc, le cachant ainsi à la vue de l'animal puissant.

Sur ce, Gérard part se coucher.

Le lendemain matin, il trouve la porte de l'étable défoncée et s'aperçoit que son âne a disparu !

Il court alors au village à la recherche de son animal.

Sur un banc, il aperçoit trois petits vieux et s'approche d'eux :

– Messieurs, vous n'auriez pas vu mon âne recouvert d'un drap blanc ?

Les petits vieux restent silencieux un moment, puis l'un d'entre eux lui répond :

– Ah oui ! Si j'me souviens bien, très tôt ce matin, il me semble en avoir vu passer un. Mais il n'avait pas de drap sur lui… seulement un petit mouchoir dans le cul…

QUIZ

Qui aurait dit « Malheur aux vaincus » (Vae victis) après le sac de Rome ?

a. Jules César
b. Hannibal
c. Vercingétorix
d. Brennos
e. Auguste
f. Marc Antoine

Solution : d.

J’ai laissé tomber du ciment sur mon portable.

Et depuis, j’entends plus maçonnerie de téléphone.

Pourquoi la fusée Ariane décolle-t-elle de Guyane ?

Tout le monde a déjà entendu parler du centre spatial guyanais, la base de lancement de la fusée Ariane. Si les astronautes entreprennent depuis 1973 leur voyage à Kourou, en Guyane française, ce n'est pas un hasard. En effet, il est beaucoup plus facile de se libérer de l'attraction terrestre lorsqu'on est situé près de la ligne de l'équateur. Les fusées décollent donc plus aisément… et consomment moins de carburant.

Il y a une explication très simple à ce phénomène. Tout d'abord, contrairement à ce que l'on pense, la Terre n'est pas parfaitement ronde, mais légèrement aplatie au niveau des pôles. Ces derniers sont donc plus proches du centre de la Terre que l'équateur. Plus la distance entre le point donné et le centre de la Terre est grande, plus l'intensité de la pesanteur diminue. D'où l'intérêt de faire décoller une fusée de Guyane, et non de l'Antarctique.

Autre raison, la force centrifuge de la Terre est maximale à l'équateur. Cela permet donc de contrebalancer la force de gravitation, qui nous attire irrémédiablement vers le sol.

Qui prête
à rire n'est
jamais sûr d'être
remboursé.

Le saviez-vous ?

Ne vous trompez plus jamais entre bimensuel et bimestriel !

Les adjectifs qui expriment la durée et la périodicité sont aussi riches que variés dans notre langue française ! Quelques petits rappels pour ne plus jamais commettre d'erreur :

- quotidien : 1 fois par jour.
- hebdomadaire : 1 fois par semaine.
- mensuel : 1 fois par mois.
- bimestriel : 1 fois tous les 2 mois.
- semestriel : 1 fois tous les 6 mois.
- annuel : 1 fois par an.
- bisannuel ou biennal : 1 fois tous les 2 ans.
- séculaire : 1 fois par siècle.

- biquotidien : 2 fois par jour.
- bihebdomadaire : 2 fois par semaine.
- bimensuel : 2 fois par mois.

- trihebdomadaire : 3 fois par semaine.
- trimensuel : 3 fois par mois.
- trimestriel : 1 fois tous les 3 mois.
- trisannuel ou triennal : 1 fois tous les trois ans.

Mais aussi :
qui dure 1 an : annuel ; qui dure 2 ans : biennal ; qui dure 3 ans : triennal ; 4 ans : quadriennal ; 5 ans : quinquennal ; 6 ans : sexennal ; 7 ans : septennal ; 8 ans : octennal ; 9 ans : novennal ; 10 ans : décennal ; 11 ans : undécennal ; 12 ans : duodécennal ; 15 ans : quindécennal ; 16 ans : sexdécennal ; 17 ans : septemdécennal ; 18 ans : octodécennal ; 19 ans : novodécennal ; 20 ans : vicennal ; 30 ans : tricennal ; 40 ans : quadragennal ; 50 ans : quinquagennal ; 60 ans : sexagennal ; 70 ans : septuagennal ; 80 ans : octogennal ; 90 ans : nonagennal...

LABYRINTHE

DIFFICILE

Charade

Mon **premier** ***S'EXCLAME***,

Mon **deuxième** est un ***FROMAGE***,

Mon **troisième** a ***12 PAIRES***,

Mon **quatrième** est un ***SUFFIXE***,

Mon **tout** est un ***ARBRE***.

Solution : Abricotier [Ah-Brie-Cote-Ier]

« SOUVIENS-TOI DU VASE DE SOISSONS »

Peut-être avez-vous déjà entendu cette expression énigmatique de la part de votre grand-mère, après avoir malencontreusement brisé un vase.
Voilà toute l'histoire : en 486, le roi Clovis pilla la ville de Soissons et rassembla le butin pour le partager entre tous les chefs de guerre. Un vase en particulier était l'objet de toutes les convoitises. Les guerriers décidèrent de tirer au sort les trésors, mais Clovis exigea d'obtenir le fameux vase en plus de sa part. Fou de colère, un soldat s'avança et frappa le vase de sa hache en criant : **« Tu n'auras que ta part ! »** Contrairement à la légende, l'objet ne fut pas brisé, mais seulement cabossé, car il était en métal.
Clovis trouva le moyen de se venger un an plus tard. Lors d'un passage en revue de ses troupes, il jeta par terre les armes du soldat rebelle en lui reprochant leur mauvais entretien. Lorsque le guerrier se pencha pour les ramasser, Clovis lui fracassa la tête à coup de hache en déclarant : **« Souviens-toi du vase de Soisson ! »**
Soyez donc vigilant la prochaine fois que votre grand-mère utilisera cette expression, surtout si elle est rancunière…

Le problème de notre érection matinale, c'est qu'elle ne vous est pas destinée, mesdames. Nous serions seul ou allongé à côté d'un bulot, ce serait pareil…

Pourquoi le poivre fait-il éternuer ?

C'est systématique : à chaque fois que vous respirez par mégarde du poivre moulu, vous partez dans une retentissante salve d'éternuements. La faute peut en être attribuée à deux facteurs : le conditionnement et la composition de cette épice. Pour commencer, le poivre est moulé très finement, ce qui provoque des résidus de poussière qui viennent tout simplement s'immiscer dans vos fosses nasales et les déranger. Deuxièmement, le poivre contient deux composés potentiellement irritants : la capsaïcine, pouvant entraîner des sensations de brûlure, et la pipérine, qui stimule les terminaisons nerveuses de la muqueuse du nez. Cependant, comme vous l'aurez remarqué, nous ne sommes pas tous à éternuer de la même façon en reniflant du poivre !

Si vos yeux vous font mal après avoir bu du café, essayez de retirer la cuillère de la tasse !

Le saviez-vous ?

Le secret enfoui du tunnel sous la Manche !

15 mètres de long, 5,5 mètres de haut, 580 tonnes… Ce sont des foreuses très spéciales qui ont été utilisées pour creuser le tunnel sous la Manche. Fabriqués exprès pour ce chantier titanesque, les engins étaient capables de creuser 75 mètres de terre par jour. Mais à quoi pouvaient-ils bien servir une fois le chantier terminé ? À rien, et c'est bien pour cela que les onze foreuses ont connu un destin étonnant. Si certaines ont été démantelées, la majorité n'a jamais quitté le site de construction. Elles ont été coulées dans du béton directement dans le tunnel sous la Manche ! Sauf pour une petite chanceuse, qui a été revendue sur eBay à un particulier. Pratique pour faire des travaux de terrassement dans son jardin…

La grammaire
ALORS, TU PEUX ME DIRE À QUOI SERT LA GRAMMAIRE ?
À FAIRE À MANGER À GRAND-PÈRE !
AH

JEUX

SUDOKU

DIFFICILE

3		9		5		6		7
		5			6			
2					9		4	3
	5	2		7				
9			6		8			5
				4		3	6	
8	9		4					6
			5			9		
5		7		9		1		4

Solution page 612

Dans une prison au fin fond
de la Sibérie, un jeune étudiant
russe demande à un autre étudiant
qui vient juste d'arriver :
– Tu en as pris pour combien ?
– Dix ans.
– Et qu'as-tu fait ?
– Ben... Rien...
– Impossible ! Rien,
c'est cinq ans...

JEUX

MOTS CROISÉS

HORIZONTALEMENT

1. Hypocrites
2. Zone à urbaniser en priorité – Césium
3. Argent – Commune française en région Occitanie – Gallium
4. Variante de la langue gasconne
5. Structure de l'audiovisuel – Expression espagnole servant à encourager
6. Accumulation
7. Découronnement
8. Conseiller de la République

VERTICALEMENT

I. Habitants du Mzab
II. Ciment dentaire
III Neptunium – Poète et écrivain norvégien
IV. Métal précieux – Tantale
V. Fonction d'économe
VI. Commune française en région Île-de-France – Prénom – Germanium
VII. Prénom – Europium
VIII. Congestions

JEUX

	I	II	III	IV	V	VI	VII	VIII
1								
2				■			■	
3			■			■		
4								
5				■				
6				■		■	■	
7								■
8								

Solution page 616

Et si on pêchait des lottes ?

ET SI ON LÉCHAIT DES POTES ?

QUE SIGNIFIENT LES LETTRES S. P. INSCRITES SUR LES CAMIONS DE POMPIERS ALSACIENS ?

SA PRÛLE.

JEUX

MOTS MÊLÉS

Marques de lunettes

Saurez-vous retrouver chacun des mots cachés dans ce tableau ?

Les mots peuvent être écrits horizontalement, verticalement, en diagonale ou à l'envers.

Mots à trouver :

1) ARMANI
2) BOSS
3) CARRERA
4) CARTIER
5) CAZAL
6) CEMO
7) CHANEL
8) CLIC
9) DIOR
10) FACONNABLE
11) FILIUM
12) GIVENCHY
13) GUCCI
14) GUESS
15) JULBO
16) LONGCHAMP
17) OAKLEY
18) PERSOL
19) POLAROID
20) PRADA
21) QUIKSILVER
22) RAYBAN
23) VERSACE
24) VOGUE

JEUX

K	P	B	H	M	P	D	Q	E	D	D	B	R	P	I	L	C	L	Z	N
C	A	R	R	E	R	A	L	L	K	I	J	S	N	T	M	I	N	G	E
R	R	V	V	B	J	F	M	B	U	Z	O	A	D	M	P	L	C	U	P
E	O	A	O	S	S	O	B	A	T	E	M	R	U	E	L	C	P	C	O
V	V	P	Y	N	R	G	L	N	V	R	P	I	R	D	G	A	O	C	Z
L	P	K	N	B	A	Q	V	N	A	A	L	S	K	L	M	U	Z	I	S
I	K	Z	E	D	A	I	P	O	N	I	O	N	O	K	S	M	E	A	H
S	K	M	Q	O	I	N	C	C	F	L	C	N	O	M	N	A	B	S	C
K	D	J	S	T	O	O	T	A	Z	K	G	R	E	I	T	R	A	C	S
I	I	C	J	R	A	J	R	F	P	C	A	X	C	M	O	E	L	Z	Z
U	W	U	D	K	K	F	U	A	H	P	D	W	J	L	C	S	P	E	M
Q	O	H	J	C	L	V	V	A	L	N	N	U	U	A	E	J	F	P	H
V	O	G	U	E	E	M	M	K	N	O	L	A	S	A	X	N	C	J	K
C	N	D	E	E	Y	P	C	T	D	B	P	R	N	I	Y	Z	A	Y	A
O	A	T	Z	T	T	T	E	D	O	D	E	O	X	K	B	V	C	H	S
A	D	A	R	P	L	G	M	F	W	V	X	P	K	M	D	I	Q	U	C
J	H	T	W	V	Q	S	O	G	I	V	E	N	C	H	Y	T	H	A	E
I	F	N	Z	C	J	A	H	C	I	N	X	X	X	A	U	M	U	Z	G
B	X	W	V	H	W	I	W	L	J	W	G	M	X	X	M	U	K	P	P
J	B	M	J	K	K	T	G	N	G	N	F	Y	F	I	S	T	V	A	J

Solution page 605

Le saviez-vous ?

Ces célébrités qui sont mortes sur le trône

Et quand on dit le trône, on parle de la lunette des toilettes…

- Edmond II d'Angleterre, ou Edmond Côte-de-Fer, connut un triste sort en 1016. À l'époque, on faisait ses besoins dans une chaise percée qui donnait directement sur les douves. Un Viking plus malin que les autres se dissimula dans cet endroit peu ragoûtant et empala le roi alors qu'il se soulageait.
- Venceslas III, roi de Bohême, Pologne et Hongrie, mourut en 1306 à la suite d'une mauvaise plaisanterie très similaire. Un homme, à l'humour particulier, se cacha dans les douves et le transperça par en dessous avec un épieu, pendant que le roi faisait sa petite affaire… La blessure fut fatale.
- En 1760, le roi d'Angleterre George II connut une mort un peu ridicule. Comme à son habitude, il alla au petit coin avant de se coucher, accompagné d'une bonne tasse de chocolat chaud. C'est là que son valet le retrouva au petit matin, décédé pendant qu'il déféquait.
- Catherine II, impératrice de Russie, est morte en 1796. Deux versions s'affrontent quant à la cause de son décès : la première affirme qu'elle aurait fait un AVC aux toilettes ; la seconde, bien plus osée, soutient qu'elle aurait perdu la vie suite à une relation sexuelle avec… un cheval !
- La star du rock Elvis Presley a eu une fin de vie difficile. Devenu obèse et souffrant de multiples problèmes de santé, il devait prendre de nombreux médicaments. Il mourut en 1977 d'une crise cardiaque alors qu'il était aux toilettes.

– Je ne t'aime pas.
– Mais… je ne t'ai rien demandé.
– Oui, mais je préfère faire le premier pas.

Comment survivre à l'épreuve du cercueil ?

Jusqu'au XIXe siècle, on ne plaisantait pas avec la mort. Les suspects d'homicide étaient parfois soumis à l'épreuve du cercueil, aussi appelée « cruentation ». On demandait à l'accusé de répéter à voix haute le nom de la victime, puis de faire le tour de son cercueil et de tapoter les blessures sur son corps. S'il ne se passait rien, il avait de bonnes chances d'être acquitté. Mais si le cadavre se mettait à bouger, à saigner ou à présenter des traces de mousse à la commissure des lèvres, c'est qu'il se trouvait en présence de son assassin ! Rien de surnaturel là-dedans : ces subtiles manifestations étaient probablement dues au processus de putréfaction.

CARRÉ MAGIQUE

MOYEN

Obtenez la somme de **123** sur toutes les lignes horizontales et verticales !

		5	24	28	23
11	30	7		21	
31	8	9			27
	35	36	13		18
38		34	20	12	16
6	37		15	19	

Solution page 601

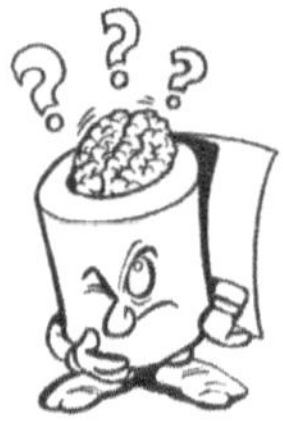

QUIZ

Avec la laine de quel animal fait-on du cachemire ?

a. Le mouton
b. Le vison
c. Le lapin
d. La chèvre

Solution : d.

Pour la Fête
de la musique,
on massacre la
musique. On devrait
faire pareil pour la
fête des voisins.

Le saviez-vous ?

Quelle est la différence entre les cyclones, les ouragans, les typhons et les tornades ?

Une tornade est un phénomène météorologique très violent, qui survient lorsqu'un tourbillon se forme sous un cumulonimbus et parvient jusqu'à la terre. Une pression centrale très basse et une vitesse du vent très élevée (jusqu'à 500 kilomètres par heure) causent ces « entonnoirs » impressionnants. Les tornades peuvent avancer de 50 à 100 kilomètres par heure et sont localisées sur un périmètre particulier. La base de l'entonnoir charrie généralement de nombreux débris.

Mais il existe également des tornades qui se forment au cœur d'orages très violents. Deux critères sont nécessaires : une température qui baisse rapidement avec l'altitude et une variation importante du vent. Ce type de tornade peut parcourir jusqu'à 100 kilomètres, durer deux heures et avoir une base large de plusieurs kilomètres.

Cyclone, ouragan, typhon… Tous ces mots désignent en réalité le même phénomène météorologique ! Ils se produisent dans les régions tropicales : le cyclone dans l'océan Indien et le Pacifique sud, l'ouragan dans l'Atlantique nord et dans le Pacifique nord-est, le typhon dans le Pacifique nord-ouest. Ces catastrophes surviennent à une période précise de l'année (entre avril et décembre pour les cyclones, entre juin et novembre pour les ouragans, entre juin et décembre pour les typhons).

Dans tous les cas, ils sont la cause d'un phénomène tourbillonnaire accompagné de vents allant de 118 à 350 kilomètres par heure. Pour naître sur l'océan, il faut que la température de l'eau soit supérieure à 26 degrés sur plusieurs mètres de profondeur.

Contrairement à une tornade, les cyclones, ouragans et typhons peuvent durer plusieurs semaines et parcourir jusqu'à 10 000 kilomètres ! Ils s'étendent sur 500 à 1 000 kilomètres carrés en moyenne.

QUI EST L'INTRUS ?

ARGENTINE

BRÉSIL

ESPAGNE

ALLEMAGNE

FRANCE

ITALIE

URUGUAY

Solution : L'intrus est l'Espagne, qui n'a gagné qu'une seule fois la coupe du monde de football, contrairement aux autres nations.

Simulez votre propre mort en Corée du Sud !

Imaginez : on vous attache les mains et on vous bande les yeux, avant de vous inviter à vous allonger dans un cercueil. L'ange de la mort, tout de noir vêtu, vient alors refermer le couvercle, vous laissant une bonne demi-heure dans le rôle d'un cadavre.
Cet étrange scénario nous vient tout droit de Corée du Sud, où des entreprises proposent ce type de prestation pour une trentaine d'euros. L'intérêt ? Faire comprendre aux volontaires à quel point la vie est précieuse. En effet, les travailleurs de Corée du Sud sont soumis à une demande de productivité très exigeante, ce qui entraîne malheureusement un taux de suicide élevé. Certaines sociétés prescrivent donc ces séances de « mort simulée » à leurs salariés proches du burn-out, afin de leur redonner goût à la vie.

JE SUIS PETIT, JE SUIS UN PEU BÊTE ET JE FAIS DE L'AÉROPHAGIE. JE SUIS...

UN INCOMPÉTENT.

Votre bois va-t-il bien jusqu'au Doubs ?

VOTRE DOIGT VA-T-IL BIEN JUSQU'AU BOUT ?

OMAR
M'A
YONNAISE

Le saviez-vous ?

- Les aliments nous paraissent plus croustillants que d'ordinaire lorsque nous mangeons dans un environnement bruyant. Ils nous semblent également moins salés et moins sucrés.
- Nous avons beaucoup entendu parler de l'anosmie, la perte de l'odorat, durant la pandémie de Covid-19. Moins connue, sa cousine s'appelle l'agueusie et désigne la perte du goût.
- Pratiquer le jeûne intermittent, par exemple en arrêtant de manger après 15 heures, permet de réduire le risque de diabète, de diminuer sa tension et de perdre du poids. En effet, mettre le système digestif au repos est bénéfique pour réguler toutes les fonctions de l'organisme.
- Dans une grande surface, les consommateurs font 25 % moins d'achats lorsqu'ils poussent un chariot à barre horizontale (majoritairement employés en France) que lorsqu'ils se servent d'un chariot à poignées (majoritairement employés dans les pays anglo-saxons). En effet, leurs triceps fatiguent plus rapidement, ce qui les pousse à passer plus vite à la caisse !

Vrai ou faux ?

Le homard crie quand on le plonge dans l'eau bouillante.

Faux.
Le petit bruit aigu que l'on entend est dû aux poches de gaz situées sous sa carapace, qui explosent en raison de l'augmentation de la chaleur.

Je dis pas que le chat est favorisé. Je dis juste que, si j'avais léché un rat mort, un merle et mes couilles, ça ne se bousculerait pas pour me câliner.

JEUX

SUDOKU

FACILE

7			2		3		1	
	5		6		7	2		9
		2		8		3		7
				2			7	3
			9		5			
5	4			3				
8		6		1		7		
1		4	7		8		9	
	7		4		2			8

Solution page 613

Un fermier m'a conseillé de mettre du fumier de cheval sur mes framboises.

Je ne referai plus jamais ça !

Je vais revenir à la crème fouettée !

Pourquoi n'a-t-on pas le vertige en parapente ?

Beaucoup de personnes ne ressentent aucun vertige lors d'une session de parapente, alors qu'elles ne supportent pas de se pencher par-dessus une rambarde. Cela peut sembler étrange au premier abord. Cependant, c'est assez logique : la sensation de vertige vient du conflit entre ce que nous dit notre oreille interne et les images reçues du monde extérieur. Nos yeux nous montrent une profondeur effrayante, pourtant, nos pieds sont bien à plat sur la terre ferme. Ce genre de conflit n'existe pas lors d'un vol en parapente : nos pieds et nos yeux sont effectivement dans les airs !

QUIZ

Où est né Mozart ?

a. Brégence
b. Innsbruck
c. Salzbourg
d. Vienne
e. Linz
f. Graz

Solution : c.

Humour

Tony est passionné par la chasse et rêve de faire un safari au Kenya avec sa femme.
Mais celle-ci ne veut absolument pas partir sans sa mère. C'est donc accompagné de sa femme et de sa belle-mère que l'homme réalise son safari.
Une nuit, alors qu'il dort avec sa femme sous une toile de tente et que sa belle-mère dort dans la tente voisine, un rugissement les réveille en sursaut.
– Qu'est-ce que c'est ? demande sa femme.
– Je crois bien que c'est un lion…
– Lève-toi et va voir !!! Maman a peut-être un problème !!!
Tony prend son fusil et sort de la tente. Il constate alors qu'un lion est effectivement entré sous la tente de sa belle-mère !
Il revient sous sa tente.
– Alors ??? Qu'est-ce que c'était ? demande-t-elle, inquiète…
– C'est un lion, il est dans la tente avec ta mère…
– Oh mon Dieu !!! Qu'est-ce qu'on va faire ?
– Moi, je fais strictement rien ! Après tout, c'est le lion qui s'est mis dans cette situation, alors il n'a qu'à se débrouiller tout seul !

Charade

Mon **premier** est un
CHAMPION,

Mon **deuxième** nous **ABRITE**,

Mon **troisième** ne croit pas en
DIEU,

Mon **quatrième** est un **ATOME**,

Mon **tout** répète les
CONSONNES.

Solution : Allitération [Ali-Terre-At-Ion]

LABYRINTHE

FACILE

Mes nouvelles
lunettes seront montées
avec des verres polis.
Vu le prix que ça coûte,
c'est la moindre des
corrections.

Pourquoi faut-il éviter d'avaler ses médicaments tous en même temps ?

Lorsqu'on subit un traitement médicamenteux lourd, on ne pense pas toujours à la compatibilité entre ses différentes gélules. Pourtant, les tests en laboratoire n'étudient la réaction de l'organisme qu'à seulement deux médicaments ingérés en même temps. Quand on voit la quantité de pilules que doivent avaler chaque jour les personnes âgées (en moyenne, 10 médicaments pour les octogénaires !), il y a de quoi s'inquiéter sur les éventuels effets secondaires. De plus, les seniors sont particulièrement concernés, car leurs reins sont bien plus fatigués que ceux des jeunes adultes. Gare donc à l'automédication et à la prise excessive de gélules en une seule fois !

Humour

C'est le temps des vacances et deux prêtres partent en bord de mer. Ils veulent un peu se lâcher. Rapidement, ils se prélassent sur un transat en slip de bain dernier cri, dernières Ray-Ban et grand chapeau en paille pour être sûrs de ne pas être reconnus.
Une sublime fille blonde, en mini string et seins à l'air, passe devant eux et leur dit :
– Bonjour mon père, bonjour mon père.
Stupéfaits, ils partent vite dans une boutique pour s'acheter de nouveaux accessoires afin d'être vraiment incognitos.
La magnifique blonde repasse devant eux :
– Bonjour mon père, bonjour mon père.
Un des prêtres lui demande :
– Mais comment savez-vous que nous sommes prêtres ?
– Enfin mon père, c'est moi, sœur Clotilde !

QUELLE
EST LA COULEUR
DE LA CULOTTE
DE LA PRINCESSE
DE MONACO ?

ON NE SAIT PAS
CAR... ELLE EST
EN PRINCIPE
ÔTÉE.

Le saviez-vous ?

- Conserver le beurre dans un beurrier, ou du tout du moins dans un emballage hermétique, est indispensable pour éviter l'altération de son goût. En effet, il est très sensible à l'oxygène et rancit rapidement lorsqu'il y est exposé. De plus, c'est une véritable « éponge » qui peut vite prendre l'odeur et le goût des aliments voisins.
- Les morceaux de viande les plus proches de l'os sont les plus savoureux. En effet, ils gagnent en goût grâce aux sucs extraits de la moelle durant la cuisson et du tissu conjonctif qui accroche la chair aux os.
- Pour obtenir de délicieux œufs au plat, il vaut mieux casser le « blanc épais ». Ce blanc contenu dans les œufs extra-frais a du mal à cuire, car il coagule aux alentours de 61 °C, soit deux degrés de plus que le blanc habituel. Mieux vaut donc le casser avec une fourchette afin de pouvoir arrêter la cuisson dès que le jaune est parfait !

Combien y a-t-il de panneaux routiers en France ?

« Stop », « Cédez le passage », « Vitesse limitée à **30 kilomètres-heure** »... Ils rythment notre conduite, nous agacent parfois, nous sauvent la vie souvent. Les panneaux routiers sont légion en France : on en compterait **25 millions**, répartis le long des **1,1 million de kilomètres** de route du pays ! Autre chiffre impressionnant : il existe **600 modèles** de panneaux routiers différents en France. De quoi donner des sueurs froides aux candidats de l'examen du Code de la route...

Ma femme m'a demandé de mettre de la moutarde sur la liste de courses. C'est trop con ! Maintenant, on ne peut plus la lire…

Qu'est-ce que la « maladie du retard à l'immigration » ?

De son petit nom scientifique, l'adermatoglyphie a été découverte en 2011. Il s'agit d'un trouble génétique très rare, provoquant un nombre réduit de glandes sudoripares et… des empreintes digitales inexistantes. Les personnes souffrant de cette affection ne sont pas des criminels voulant cacher leur identité : elles ont simplement l'extrémité des doigts complètement lisse ! L'adermatoglyphie est surnommée « maladie du retard à l'immigration », car il n'est pas toujours facile d'expliquer aux douaniers cette particularité…

Y A-T-IL UNE BOUTIQUE ASUS À LAVAL ?

EST-CE QU'UN ICE-CRIME SERAIT UN MEURTRE DE SANG-FROID ?

TOP 3 des hommes qui s'intéressent à la beauté intérieure :

3. Les cannibales.
2. Les gynécologues.
1. Les moches.

POURQUOI LES PETITS GARÇONS GEIGNENT-ILS TOUT LE TEMPS ?

PARCE QU'ILS S'ENTRAÎNENT À ÊTRE DES HOMMES.

CARRÉ MAGIQUE

DIFFICILE

Obtenez la somme de **182** sur toutes les lignes horizontales et verticales !

44		11	19	27	35	
12	20	28		37	45	
29		38	46	5		21
	47	6	14	22		31
	15		24	32	40	48
17	25		41		8	9
34	42	50		10	18	26

Solution page 601

Humour

Dans un magasin de tissu, une jeune fille, Lucie, demande à un vendeur :

– Je voudrais ce tissu pour me confectionner une robe. Combien vaut-il ?

– Pour vous, ce sera un baiser le mètre.

– Très bien. Alors coupez-m'en six mètres.

Le vendeur mesure et coupe la longueur demandée, emballe le tissu et le donne à la jeune fille. Celle-ci se retourne et dit :

– Pépé, tu veux bien venir payer ?

MOTS MÊLÉS

Fleurs

Saurez-vous retrouver chacun des mots cachés dans ce tableau ?

Les mots peuvent être écrits horizontalement, verticalement, en diagonale ou à l'envers.

Mots à trouver :

1) ARUM
2) BLEUET
3) BUSSEROLE
4) CALLA
5) CAMELIA
6) CAMOMILLE
7) CHARDON
8) COQUELICOT
9) COUCOU
10) IRIS
11) JONQUILLE
12) LAVANDE
13) LILAS
14) LOTUS
15) LYCHNIS
16) LYS
17) MARGUERITE
18) MUGUET
19) NARCISSE
20) NENUPHAR
21) RAVENELLE
22) ROSE
23) TULIPE

JEUX

P	V	J	A	P	J	R	Z	E	E	M	W	S	L	E	X	J	L	A	M
B	L	E	U	E	T	O	Y	G	T	Q	U	V	B	B	R	A	U	L	P
A	H	L	J	C	R	S	U	L	B	I	P	G	N	H	V	W	A	L	P
F	E	E	O	Y	I	E	S	I	D	Z	R	N	U	A	X	I	J	A	Z
E	L	L	I	U	Q	N	O	J	N	G	X	E	N	E	L	X	K	C	P
E	M	R	U	E	P	I	L	U	T	S	B	D	U	E	T	K	M	A	U
E	L	C	P	U	C	I	N	E	H	Y	E	G	M	G	M	I	D	T	X
L	K	L	Y	X	L	M	I	T	A	L	G	A	J	J	R	Z	Z	T	S
L	C	S	I	I	S	P	H	R	C	F	C	E	C	Q	G	A	N	J	T
E	S	I	L	M	M	R	U	U	O	L	X	W	H	H	N	Z	M	W	T
N	X	A	L	S	O	M	J	E	U	Y	S	X	N	F	A	U	E	O	P
E	S	O	Z	P	Z	M	L	F	C	N	T	I	F	D	Z	R	C	M	X
V	F	X	F	Q	L	O	A	N	O	C	A	K	N	W	G	I	D	C	T
A	W	M	I	U	R	O	E	C	U	I	E	R	V	H	L	Y	M	O	E
R	D	D	E	E	N	E	N	U	P	H	A	R	C	E	C	C	P	Z	N
D	L	R	S	Y	I	J	U	Z	J	E	L	O	U	I	H	Y	P	G	P
W	M	S	S	F	R	S	U	T	O	L	P	Q	N	N	S	C	L	I	R
S	U	Q	Y	A	I	A	Y	N	J	Y	O	O	S	M	P	S	T	F	F
B	V	S	P	D	S	D	D	G	O	C	D	J	B	O	E	O	E	M	X
M	A	M	G	G	E	D	V	Y	M	O	N	Q	P	J	J	O	O	E	H

Solution page 606

JEUX

SUDOKU

MOYEN

9	1	6						5
						1		4
3					1		7	
			1		8	4		
4		8	2		5	9		7
		5	4		9			
	8		7					3
2		9						
5						2	6	1

Solution page 613

Connaissez-vous les noms des rennes du père Noël ?

En 1882, l'Américain Clement Clarke Moore a imaginé les noms des rennes du père Noël, s'inspirant d'un poème de son ami William Gilley. Les voici :

- Tornade (Dasher dans la version originale) est le plus rapide.
- Danseur (Dancer) est la plus gracieuse.
- Furie (Prancer) a les plus grands pouvoirs.
- Cupidon (Cupid) est la plus gentille.
- Éclair (Blitzen) est la plus lumineuse.
- Fringant (Vixen) est la plus majestueuse.
- Comète (Comet) est le plus doux.
- Tonnerre (Donner) est le plus fort.
- Enfin, Rodolphe (Rudolph), le plus connu des rennes du père Noël, guide ses congénères grâce à son nez rouge !

– Je suis allé demander la main de ma copine à son père…

– Et il a répondu quoi ?

– Que je devais continuer à utiliser la mienne.

Cet homme a été décapité contre sa volonté !

Non, il ne s'agit pas d'un macabre fait divers dû à un tueur en série, mais d'une belle boulette scientifique. En 2015, sur le point de mourir à l'âge de 90 ans, le docteur Laurence Pilegram demande à être entièrement cryogénisé, dans l'espoir de revivre un jour. Malheureusement, la société Alcor (Arizona, États-Unis) commet une grosse erreur. Les employés cryogénisent uniquement la tête du docteur et incinèrent le reste de son corps, avant d'envoyer les cendres à son fils par la Poste. Très choqué, ce dernier a demandé un million de dollars de dommages et intérêts à l'entreprise Alcor.

Il y a 5 ans que je suis inscrit dans un groupe de soutien pour les personnes antisociales.

On ne s'est toujours pas rencontrés !

QUI EST L'INTRUS ?

LES CHÂTIMENTS

LA PRISONNIÈRE

CLAUDE GUEUX

LES TRAVAILLEURS DE LA MER

LE DERNIER JOUR D'UN CONDAMNÉ

LES MISÉRABLES

LES ORIENTALES

LES FEUILLES D'AUTOMNE

Solution : La Prisonnière, car c'est un livre de Marcel Proust, les autres ont été écrits par Victor Hugo.

JEUX

MOTS CROISÉS

HORIZONTALEMENT

1. Épouse du chah d'Iran
2. Abrutissant
3. Mot hébreu – Cadmium
4. Contestées – Note
5. Analysable
6. Numéro d'identification – Manteaux courts de l'antiquité romaine
7. Point de départ d'une chronologie – Conjonction de coordination
8. Naisse de nouveau

VERTICALEMENT

I. Dépôt
II. Caractérisé par l'hémiédrie
III. Ouvertures pour l'eau dans un moulin – Pronom adverbial
IV. Niais
V. Astate – Peuple autochtone du Nord
VI. Précurseur du glutathion – Bismuth
VII. Bouclées
VIII. Note – Goûté

JEUX

	I	II	III	IV	V	VI	VII	VIII
1								
2								
3					■			■
4						■		
5								
6			■					
7				■		■		
8								

Solution page 616

Une femme, quand elle est énervée, elle va parler, parler, parler...
Puis, à la fin, elle dit :
« Je préfère me taire. »

Envie d'une petite sieste ? Embarquez à bord du *quiet* bus

Les fans de Harry Potter connaissent bien le Magicobus, qui emmène les sorciers où ils le souhaitent en un claquement de doigts. Mais un autre genre de bus insolite existe à Hong Kong : le *quiet* bus ! Ce moyen de transport a été entièrement aménagé pour le seul plaisir… d'y piquer un somme. Le fondateur du concept s'est rendu compte que beaucoup de personnes dormaient paisiblement dans les transports en commun, bercés par les mouvements du véhicule. À Hong Kong, la demande est forte entre les passagers qui souffrent d'insomnie, de stress ou d'anxiété. On leur fournit un oreiller, un masque pour les yeux et des boules Quies, puis c'est parti pour cinq heures de trajet, sans destination précise. L'itinéraire est soigneusement choisi pour éviter au maximum les feux rouges et autres obstacles susceptibles d'altérer la vitesse de croisière du véhicule. De quoi dormir comme un bébé…

COMMENT SE FAIT APPELER UN VAMPIRE SNOB ?

MON SAIGNEUR.

QUIZ

Parmi les États suivants, lequel n'est pas riverain de la mer Baltique ?

a. L'Estonie
b. La Russie
c. La Norvège
d. L'Allemagne

Solution : c.

Mario, un peintre spécialisé dans les nus féminins, est marié avec une femme extrêmement jalouse.

Il vient de finir son tableau et le modèle du jour se rhabille. Ils prennent un verre ensemble lorsque Mario entend une voiture entrer dans la cour.

Aussitôt pris de panique, il dit à son modèle :

– VITE !!! VITE !!! Déshabille-toi !!! Ma femme arrive !!!

J'ai vu les populations laborieuses du Cap.

J'AI VU LES COPULATIONS LABORIEUSES DU PAPE.

Le saviez-vous ?

Qui sont les plus grands producteurs de matières premières dans le monde ?

- Café : Indonésie, Vietnam, Brésil, Colombie.
- Avocats : Mexique, République dominicaine, Pérou.
- Pommes de terre : Inde, Chine, Russie.
- Lait : Inde, États-Unis, Chine.
- Poires : Italie, Chine, États-Unis.
- Blé : Russie, Inde, Chine.
- Cacao : Indonésie, Ghana, Côte d'Ivoire.
- Riz : Inde, Chine, Indonésie.
- Vin : France, Italie, Espagne.
- Fraises : Espagne, Japon, Corée du Sud, États-Unis.
- Pommes : Chine, Turquie, États-Unis.
- Bananes : Philippines, Inde, Chine, Brésil.
- Poivre : Inde, Brésil, Vietnam.
- Bière : Chine, Brésil, États-Unis.
- Cannelle : Sri Lanka, Indonésie, Chine.
- Tomates : Turquie, Chine, États-Unis
- Thé : Kenya, Inde, Sri Lanka, Chine.
- Oranges : Mexique, États-Unis, Brésil, Inde.
- Fleurs : Pays-Bas, Kenya, Équateur, Colombie.
- Papier : Chine, Japon, États-Unis.
- Tabac : Brésil, Inde, Chine.
- Gaz : États-Unis, Russie, Iran.
- Pétrole : Arabie saoudite, Russie, États-Unis.
- Argent : Pérou, Mexique, Australie, Chine.
- Or : Russie, États-Unis, Australie, Chine.
- Nickel : Australie, Russie.
- Diamants : Russie, Botswana, Canada.
- Fer : Australie, Brésil.
- Aluminium : Canada, États-Unis, Chine, Russie.
- Laine : Australie, Chine, Nouvelle-Zélande.
- Soie : Chine, Inde, Japon.

DURANT L'AUTOPSIE, LE LÉGISTE S'APERÇUT QUE LE SUJET ÉTAIT ENCORE VIVANT ! MALHEUREUSEMENT CELUI-CI N'A PAS SURVÉCU À L'AUTOPSIE...

Dans un restaurant sur le Vieux-Port, le serveur demande à Cinthya la cagole :

– Souhaitez-vous un peu de vin ?

– Pourquoi pas ? Je prendrais bien un peu de vin en pilule, s'il vous plaît…

– Du quoi ? Du vin en pilule ?

– Oui, je vois que le monsieur qui est assis là-bas en prend…

– Ah ! Vous voulez du raisin !

« IL M'A PRIS EN GRIPPE »

Au XIVe siècle, le mot « grippe », de l'ancien verbe ***« gripper »*** qui veut dire « saisir », désignait un croc ou un harpon. Une ***« personne de grippe »*** était donc quelqu'un de très caractériel. D'où l'expression ***« prendre une personne en grippe »***, qui signifia petit à petit ***« manifester de l'animosité envers quelqu'un »***. Au XVIIe siècle, le mot ***« grippe »*** fut attribué à cette maladie parfois mortelle qui s'abattait sur la population.

« SON HISTOIRE, C'EST DU FLAN »

Rien à voir avec votre dessert préféré. Au XIe siècle, le flan désignait le métal utilisé pour fabriquer les pièces de monnaie. Devant la prolifération de fausse monnaie, les commerçants méfiants observaient attentivement les pièces qu'on leur donnait en guise de paiement. ***« C'est du flan »*** devint synonyme de ***« C'est faux »***, puis de ***« C'est un mensonge »***.

Tout ceci est la faute
de ma mère !
Quand j'étais petit,
que je tombais et que
je m'écorchais,
elle me disait :
– On va mettre de l'alcool
et ça va aller !

Charade

Mon **premier** adore **L'HIVER**,

Mon **deuxième** réjouit les **ENFANTS**,

Mon **troisième** est **REPOSÉ**,

Mon **quatrième** est **NÉGATIF**,

Mon **tout** **DÉLIRE**.

Solution : Schizophrène [Ski-Zoo-Frais-Ne]

LABYRINTHE

MOYEN

Le docteur a fini d'examiner le jeune Léon, 8 ans, qui a la grippe. Le gamin demande :

– Dites-moi la vérité docteur. Je vous promets d'être courageux.

– Que veux-tu savoir ?

– Quand devrai-je retourner à l'école ?

Pourquoi trouve-t-on un coq au sommet du clocher des églises ?

Peu de gens le savent, mais le coq est un symbole chrétien et même un emblème du Christ. En effet, le chant de cet oiseau annonce le retour du soleil, dissipant ainsi les ténèbres, comme est supposé le faire le fils de Dieu. Avant l'apparition des cloches, les chrétiens avaient pour coutume de se réunir à l'église pour la prière matinale lorsqu'ils entendaient le chant du coq. Ce signe de ralliement était facile à repérer par tous les villageois. Au IXe siècle, le pape Nicolas Ier ordonna d'installer un coq, souvent accompagné d'une girouette, en haut de chaque clocher. Depuis, la tradition est restée.

JEUX

SUDOKU

DIFFICILE

5		8			9	4	2	
						8		
	4		8		5			
		3			1			
1		2				7		3
			5			9		
			3		2		8	
		4						
	2	6	1			3		7

Solution page 613

QUELLE EST LA CHOSE LA PLUS DURE QUAND ON APPREND À MONTER À CHEVAL ?

LE SOL !

CARRÉ MAGIQUE

FACILE

Obtenez la somme de **38** sur toutes les lignes horizontales et verticales !

2	15		9
		6	11
7		17	
13	8		

Solution page 602

Charade

Mon **premier** est content à **LONDRES**,

Mon **deuxième** est un **RITE**,

Mon **troisième** en a **60**,

Mon **tout** élève des **INSECTES HYMÉNOPTÈRES**.

Solution : Apiculteur [Happy-Culte-Heure]

Ça sonne à la porte. Le petit Leonardo, 10 ans, ouvre…

– Bonjour jeune homme. Je suis le banquier de ta maman. Est-ce qu'elle est là ?

Leonardo se retourne pour prévenir sa mère de cette visite impromptue et crie dans le couloir :

– Maman ! Maman ! Y'a le banquier qui est là ! Tu as de l'argent ou bien je dois aller jouer dehors ?

QUIZ

De qui Alexandre le Grand était-il élève ?

a. Thalès
b. Platon
c. Socrate
d. Archimède
e. Aristote

Solution : e.

J'ai toujours pas compris pourquoi Jean-Jacques Goldman voulait graver les Corses…

Le juge de ligne s'est retrouvé acculé derrière Sanchez.

LE JUGE DE LIGNE S'EST RETROUVÉ ENCULÉ DERRIÈRE SA CHAISE.

Voici le menu du dernier repas d'un condamné

S'il ne vous restait qu'un seul repas à prendre avant de mourir, préféreriez-vous un bon burger, du caviar et du foie gras, la recette de pâtes de votre maman ? C'est une question que l'on s'est tous déjà posée au moins une fois, ne serait-ce que par amusement.

Aux États-Unis, où 27 États sur 50 pratiquent toujours la peine de mort, ce choix est soumis très sérieusement aux condamnés. Pour leur dernier repas, ceux-ci ont le droit de commander leur menu préféré.

Si un prisonnier n'a pas de désir particulier, voici le repas qui lui est traditionnellement servi : un bifteck, des œufs, des pommes de terre poêlées, des toasts avec du beurre et de la confiture, un verre de lait et un verre de jus de pomme.

En France, où la peine de mort a été abolie en 1981, l'ultime « repas » était bien plus frugal : une cigarette et un verre de rhum, une demi-heure avant l'exécution.

Un fermier arrive chez le médecin avec le sexe rouge et gonflé :

– Docteur, je crois que j'ai fait une connerie. Depuis trois semaines, je couche avec mes animaux…

– Des mâles ou des femelles ?

– Des femelles ??? Vous me prenez pour un pédé ?

Quelle est la différence entre un gendarme et une cocotte-minute ?

Aucune.
Quand ça siffle, c'est cuit !

MOTS MÊLÉS

Scientifiques

Saurez-vous retrouver chacun des mots cachés dans ce tableau ?

Les mots peuvent être écrits horizontalement, verticalement, en diagonale ou à l'envers.

Mots à trouver :

1) AMPERE
2) ARCHIMEDE
3) BERTHIER
4) BROCA
5) CHAPTAL
6) COPERNIC
7) CURIE
8) CUVIER
9) DESCARTES
10) EINSTEIN
11) FOURIER
12) FRESNEL
13) GALILEE
14) GAUSS
15) KEPLER
16) LAVOISIER
17) MAXWELL
18) NEWTON
19) TESLA
20) VOLTA

JEUX

S	P	K	N	A	C	L	H	C	O	H	N	M	N	S	F	D	S	H	V
O	L	W	L	J	K	U	E	X	S	B	I	V	I	T	S	P	B	M	A
B	B	S	G	J	V	Y	R	N	S	T	H	B	E	Q	A	L	I	Q	W
J	E	M	C	U	W	F	R	I	S	J	H	K	T	G	F	V	S	L	D
T	C	O	P	E	R	N	I	C	E	E	W	N	S	E	R	E	P	M	A
L	T	F	M	K	B	R	G	X	C	S	R	J	N	B	F	Q	B	L	Q
Z	L	U	Z	R	N	E	A	V	T	T	G	F	I	H	E	V	E	O	A
Q	M	E	O	M	Q	I	L	Y	X	L	T	M	E	H	X	V	R	R	L
U	D	C	W	S	R	V	I	D	Z	B	K	R	E	I	R	U	O	F	L
L	A	G	I	X	N	U	L	Y	E	E	E	D	E	M	I	H	C	R	A
Y	A	A	U	E	A	C	E	X	P	S	K	C	R	A	T	N	G	O	M
C	P	T	W	C	R	M	E	L	L	R	C	P	O	Z	G	A	U	S	S
O	R	T	P	D	K	D	E	Y	A	E	A	A	N	G	J	O	T	A	J
M	O	T	H	A	E	R	A	L	V	I	G	W	R	P	O	U	O	J	R
N	A	P	O	P	H	T	K	B	O	H	S	B	O	T	F	O	V	E	G
V	E	O	F	I	L	C	U	O	I	T	G	O	G	A	E	G	W	M	U
M	F	C	S	O	U	I	D	B	S	R	T	G	W	Z	Z	S	X	L	Y
J	I	V	V	H	C	H	Q	X	I	E	M	D	R	M	T	W	N	Q	Y
G	G	L	O	O	S	N	D	O	E	B	I	N	L	E	M	X	C	X	A
L	Z	F	Y	A	J	F	J	E	R	A	T	J	Y	W	Q	I	I	A	M

Solution page 606

Humour

Les occupants d'un car investissent un restaurant. L'un d'eux se présente auprès du restaurateur :

– Bonjour, je suis le docteur Bernard de l'hôpital psychiatrique Sainte-Anne. Les personnes qui se sont attablées ont toutes des déficiences mentales. À la fin du repas, il est possible qu'elles souhaitent vous régler en capsules de Coca. Faites comme si de rien n'était et venez me voir. Je réglerai pour tout le monde.

À la fin du repas, le restaurateur se laisse payer en capsules de Coca puis se dirige vers le docteur Bernard pour lui présenter la note. Le médecin cherche alors au fond de son sac et demande :

– Vous auriez de la monnaie sur un enjoliveur ?

ILLETTRÉ PASSANT UN TEST DE LA VUE

QUI EST L'INTRUS ?

BOLIVIE

CHILI

BRÉSIL

ARGENTINE

MEXIQUE

CANADA

PÉROU

PARAGUAY

URUGUAY

SURINAME

Solution : Le Canada car il fait partie de l'OTAN contrairement aux autres pays.

Le patron dit à Kimberley, sa secrétaire-cagole :
– Mademoiselle, vous avez fait vingt fautes dans cette lettre ! Vous ne l'avez pas relue ?
– Je n'ai pas osé.
– Mais pourquoi donc ?
– C'est écrit « confidentiel » en haut à gauche.

- Les chirurgiens qui jouent régulièrement aux jeux vidéo font **37 %** d'erreurs chirurgicales en moins.
- **25 %** des intoxications sont dues à un mauvais usage des produits d'entretien, dont **40 %** concernent l'eau de Javel.
- La Lune s'éloigne de la Terre de **3,78 centimètres** par an. Conséquence ? Les jours rallongent d'**1,8 milliseconde** environ chaque siècle.
- La région française de la Lorraine fait **1 000 kilomètres** carrés de plus qu'Israël.
- **50 personnes** peuvent tenir debout sur la langue d'une baleine bleue.

L'Inde possède un ministre du yoga

Vrai.
En 2014, Shripad Yesso Naik est devenu le tout premier ministre indien du yoga ! S'il s'agit essentiellement d'une pratique sportive en vogue en Occident, le yoga est un mode de vie à part entière en Inde. Shripad Yesso Naik est chargé de faire la promotion des médecines et pratiques traditionnelles, telles que l'ayurvéda, le yoga, la médecine unani, le siddha yoga et l'homéopathie.

Dans la région de
Chamonix, deux chamois
se croisent :
– J'ai fait un épouvantable
cauchemar !!!
– ???
– J'ai rêvé que j'essuyais
des vitres !

Que cherche à dire un serpent à sonnette qui sonne ?

« Ne m'écrasez pas ! » Eh oui, selon certains scientifiques, ce serpent « sonne » pour avertir les animaux de ne pas lui marcher dessus par inadvertance, notamment les grands troupeaux d'herbivores.
Certes, mais comment le serpent à sonnette parvient-il à faire retentir ce son si particulier ? Pendant leur mue, les serpents perdent toute leur ancienne peau afin d'en reconstituer une nouvelle. Ce n'est pas le cas du crotale, qui conserve les dernières écailles de sa queue. Celles-ci, mobiles, s'entrechoquent lorsque le serpent les fait remuer. D'où le fameux bruit de « sonnette », en réalité plus proche d'un crissement sec.

J'ai pris un café allongé.

Je m'en suis foutu partout !

Charade

Mon **premier** constitue

LA MARCHE,

Mon **deuxième** vous

DÉGOÛTE SOUVENT,

Mon **troisième** est un

SABLE MOUVANT

EN BORD DE MER,

Mon **quatrième** est la plus **DROITE**,

Mon **tout** vous **HANDICAPE**.

Solution : Paralysie [Pas-Rat-Lise-I]

JEUX

SUDOKU

FACILE

	7				2	5		
1		2	3			7		
		3	6	8	7	1		9
	6	8		1	9			
		5				4		
			5	3		8	9	
5		1	2	6	4	9		
		6			1	2		3
		7	9				4	

Solution page 613

Les bains à 2 :
Soit tu trouves
ça génial…
Soit t'es celui qui
a le robinet dans le
dos et la petite chaîne
dans le cul !

La liste des pires additifs alimentaires (à éviter le plus possible)

L'UFC-Que Choisir actualise régulièrement la liste des additifs alimentaires présentant un danger pour la santé. 87 d'entre eux sont particulièrement pointés du doigt (on vous laisse consulter la liste complète sur leur site web). En attendant, voici les dix additifs que vous devriez vraiment éviter au maximum :

1. L'aspartame (E951)
Un des édulcorants les plus utilisés au monde, suspecté d'être cancérigène. On le trouve dans presque tous les produits dits « allégés en sucre » : yaourts régime, sodas light, chewing-gums, édulcorants de table…

2. L'acésulfame K (E950)
L'acésulfame K, ou acésulfame de potassium, est souvent utilisé en association avec l'aspartame, afin de masquer le goût amer et d'exacerber le goût sucré des aliments.

3. Le glutamate monosodique (E621)
Cet exhausteur de goût de synthèse est présent dans de nombreux produits industriels, comme les soupes toutes faites, les sauces, les plats préparés, etc. Il est considéré comme neurotoxique.

4. Le nitrite de sodium (E250)
Le nitrite de sodium est un conservateur chimique, essentiellement utilisé pour donner une « jolie » couleur aux charcuteries et viandes industrielles. On l'accuse d'être cancérigène.

Le saviez-vous ?

5. Le bleu brillant FCF (E133)

Ce colorant synthétique est présent dans les confiseries et les décorations de pâtisserie, alors même qu'il présente un danger particulier pour les enfants (allergie, asthme, hyperactivité...).

6. Le dioxyde de titane (E171)

Ce colorant blanc, présent aussi bien dans les chewing-gums que dans les dentifrices ou les médicaments, est pourtant hautement suspecté d'être cancérigène.

7. Le gallate de propyle (E310)

Le gallate de propyle est un antioxydant de synthèse que l'on trouve dans de nombreux aliments : viandes, soupes, huiles végétales... Il est particulièrement déconseillé aux femmes enceintes à cause des risques de troubles sanguins et d'irritations de l'estomac et de la muqueuse.

8. L'hydroxyanisole butylé (E320)

Cet additif est similaire au gallate de propyle. On peut aussi le trouver dans les céréales, les viennoiseries et les produits chocolatés.

9. L'érythrosine (E127)

C'est un colorant rouge de synthèse utilisé pour donner une belle nuance aux sodas, aux fruits confits ou encore aux fruits au sirop. Il est suspecté de favoriser le cancer de la thyroïde.

10. Le jaune orangé S (E110)

Ce colorant jaune de synthèse est aussi accusé d'être cancérigène, surtout associé à d'autres additifs. On le trouve dans les fromages, les pâtisseries ou les confiseries. Il pourrait être en partie responsable de l'hyperactivité chez les enfants.

Évitez donc au maximum les aliments industriels et pensez à acheter bio, ou tout du moins à vous intéresser aux étiquettes quand vous faites vos courses !

Pete Sampras.

PIPE SANS TRACE.

Le saviez-vous ?

- Dans l'Égypte antique, la **propolis** servait à embaumer les momies pour les protéger des parasites. Ce mélange de résine végétale et de cire est fabriqué par les abeilles pour assainir leur ruche.

- Les personnes souffrant de **misophonie** détestent les petits bruits produits par les autres. Un bruit de mastication, le clic répété de la souris d'ordinateur, des doigts qui tapotent le bureau… Un trouble qui touche jusqu'à 15 % de la population, mais qui peut aller dans sa forme la plus grave jusqu'à la phobie sociale.

QUIZ

Qui a réalisé
Vicky Cristina Barcelona ?

a. Pedro Almodóvar
b. Roman Polanski
c. Woody Allen
d. Gus Van Sant
e. David Fincher
f. Martin Scorsese

Solution : c.

Humour

Gérard est envoyé en prison et se retrouve dans la même cellule qu'un type de 1,92 mètre et de 110 kilos. Il tente d'engager la conversation avec lui :
– Qu'est-ce qu'on fait ici pour tuer le temps ?
Le taulard au regard impressionnant lui répond :
– On joue…
– Ah ! Et à quoi on joue ?
– À des jeux…
Gérard tente de détendre l'atmosphère :
– Vous avez le droit de jouer aux cartes ?
– Non.
– Au Monopoly ?
– Non.
– À quoi alors ?
– On joue au papa et à la maman, dit le gros balèze en se mettant bien en face du nouveau venu. Qu'est-ce que tu veux faire ? Le papa ou la maman ?
Gérard comprend son malheur. Il n'a pas le choix…
Il réfléchit et se dit que, vu la taille du taulard, il préfère l'enculer que de se faire enculer.
Il lui répond :
– Heu… je préférerais faire le papa.
– Ok. Alors, papa… tu viens sucer la bite à maman ?

– Est-ce que tu crois que je peux t'inviter à sortir ?

– Oui, évidemment !

– Tu peux sortir, s'il te plaît ?

CARRÉ MAGIQUE

MOYEN

Obtenez la somme de **70** sur toutes les lignes horizontales et verticales !

		21	22	3
23	4		16	17
	18	24		11
6		13	19	
20	26		8	

Solution page 602

Charade

Mon **premier** est **DODU**,

Mon **deuxième** vous **PRESSE**,

Mon **troisième** n'est pas **CHANCELANT**,

Mon **quatrième** disparaît **LENTEMENT**,

Mon **cinquième** est sous vos **YEUX**,

Mon **sixième** est après le **N**,

Mon **tout** est relatif à **L'ATTRACTION**.

Solution : Gravitationnelle [Gras-Vite-Assis-Eau-Nez-L]

LABYRINTHE

DIFFICILE

Avant, j'étais dépressif.

Puis j'ai découvert la méditation.

Maintenant, je suis toujours dépressif… mais je m'en fous.

REGARDE...
HOP !
ALLEZ,
À TOI...

JEUX

MOTS CROISÉS

HORIZONTALEMENT

1. Opinion
2. Beurrerai
3. Argent – Eaux océaniques
4. Cumulus – Sélénium
5. Ville du Sud – Erbium
6. Risqua
7. Commune française en région Occitanie
8. Commune française du département des Hautes-Pyrénées, en Occitanie – Étain

VERTICALEMENT

I. Habitant de la région du lac Saint-Jean
II. Petit os mince
III. Gadolinium – Grâces chez les musulmans
IV. Europium – Germanium – Conjonction de coordination
V. Comédie
VI. Période - Césium
VII. Marais – Adjectif numéral
VIII. Boiras

	I	II	III	IV	V	VI	VII	VIII
1								
2								
3			■	■				
4						■		
5						■		
6				■		■	■	
7		■						
8					■			■

Solution page 616

QUE FAIT LA PIE QUAND ELLE CRIE ?

ELLE LOUFACE. OUI, LA PIE LOUFACE.

QUI EST L'INTRUS ?

MANDORE

CHIFONIE

LYRE

HARPE

TYMPANON

GUITARE

PIANO

CONTREBASSON

Solution : L'intrus est le contrebasson. C'est un instrument à vent tandis que les autres sont des instruments à cordes.

Le saviez-vous ?

- Les **Anglais** ont parlé français pendant 300 ans. Eh oui, de 1066 à 1362, le français était une langue officielle de l'Angleterre ! Encore aujourd'hui, les phrases « Honi soit qui mal y pense » et « Dieu et mon droit » sont écrites sur les armoiries royales du pays.
- Le fameux logo de la marque **Nike** représente une aile de la déesse grecque de la victoire, Niké. Il a été créé en 1971 par Carolyn Davidson, une étudiante en graphisme, pour la somme de… 35 dollars. Dix ans plus tard, Nike décida de reconnaître la contribution de la talentueuse jeune femme au succès de l'enseigne. Elle reçut en cadeau une bague en diamant avec le logo de la marque et des actions dans l'entreprise !
- Faites bien la distinction : le **Royaume-Uni** est un État composé de 4 nations d'origine (l'Angleterre, l'Écosse, le pays de Galles et l'Irlande du Nord). Quant à la Grande-Bretagne, il s'agit de la désignation géographique de l'île regroupant l'Angleterre, le pays de Galles et l'Écosse.

EST-CE QU'ON PEUT DIRE QUE LE PATRON DE LAYS DÉTIENT UNE FORME DE LEADER CHIPS ?

FAUT-IL GARDER LA PÊCHE MÊME SI NOS ILLUSIONS SONT DES TRUITES ?

Charade

Mon **premier** fait **MAL**,

Mon **deuxième** se **RÉPÈTE**,

Mon **troisième** est très en **VOGUE**,

Mon **tout** est la **DÉCISION DU PEUPLE**.

Solution : Plébiscite [Plais-Bis-Hit]

Léa se plaint du manque de sexe dans son couple auprès d'une amie qui la conseille :
– Vous devriez pimenter votre quotidien, essayer des choses nouvelles... la levrette, par exemple !
– La levrette ? C'est quoi ?
– Ce que font les chiens dans la rue, tu sais bien...
– Ah oui, je vois ! Mais il faudrait qu'on trouve un quartier où personne ne nous connaît, pour ça !

« JE SUIS MALADE COMME UN CHIEN »

Si nos chiens domestiques sont aimés et choyés, ce n'était pas le cas au XVIIe siècle. Domestiqués uniquement pour garder la maison ou le bétail, les chiens étaient laissés sans soin et à l'agonie lorsqu'ils tombaient malades…

« IL A PRIS UNE BONNE BITURE ! »

Au XIXe siècle, la biture était la corde ou la chaîne où était fixée l'ancre d'un bateau. Vous vous demandez sûrement le rapport avec un état d'alcoolisation excessif. Avant d'accoster au port, les marins prévoyaient une bonne longueur de corde pour jeter l'ancre sans accroc. On appelait cela **« *prendre une bonne biture* »**, ce qui s'étendit peu à peu au sens de **« *prendre une longueur d'avance* »** en mangeant et en buvant en excès. De plus, de retour sur la terre ferme, les marins se faisaient souvent plaisir dans les bars et les troquets, finissant complètement ivres !

JEUX

SUDOKU

MOYEN

2				3	1			7
		8	4	6		5	1	
	5		2	1				
	2		6	5	7		8	
				4	9		6	
	9	4		2	3	8		
3			7	8				4

Solution page 613

Je me demande pourquoi ils s'obstinent à donner des noms de mecs importants aux ronds-points... alors qu'on finit toujours par les appeler « le rond-point de Lidl », « le rond-point de Carrouf », ou « le rond-point du McDo ».

Une masse de perturbateurs est venue piller ma fine dans la cave.

UNE PAIRE DE MASTURBATEURS EST VENUE PINER MA FILLE DANS LA CAVE.

MOTS MÊLÉS

Présidents américains

Saurez-vous retrouver chacun des mots cachés dans ce tableau ?

Les mots peuvent être écrits horizontalement, verticalement, en diagonale ou à l'envers.

Mots à trouver :

1) BIDEN
2) BUSH
3) CARTER
4) CLEVELAND
5) CLINTON
6) COOLIDGE
7) EISENHOWER
8) FITZGERALD
9) FORD
10) HARDING
11) HARRISON
12) HOOVER
13) MCKINLEY
14) NIXON
15) OBAMA
16) REAGAN
17) ROOSEVELT
18) TRUMAN
19) TRUMP
20) WILSON

JEUX

R	A	D	D	Z	C	X	T	S	A	C	K	Z	U	T	O	R	O	C	N
E	O	D	R	K	B	C	L	H	E	L	P	W	A	U	E	J	T	V	X
I	D	O	E	O	A	U	O	D	Y	I	E	J	C	A	K	R	D	G	M
S	C	M	S	M	F	O	S	E	U	N	R	G	G	T	R	U	M	P	N
E	C	L	A	E	V	Z	L	H	N	T	V	A	D	H	Q	U	H	E	O
N	Z	B	E	E	V	N	Q	D	E	O	N	L	V	I	R	L	V	P	X
H	O	N	R	V	I	E	X	X	D	N	N	E	F	Q	L	M	V	N	I
O	U	Q	A	K	E	H	L	Y	I	P	O	A	C	D	D	O	L	B	N
W	V	N	C	C	Y	L	I	T	B	A	S	Y	W	E	D	X	O	L	T
E	A	M	I	E	I	J	A	Q	K	N	L	F	B	I	X	D	S	C	T
R	P	S	N	O	A	E	I	N	A	T	I	D	J	N	D	B	N	R	M
T	R	U	M	A	N	I	E	E	D	S	W	O	V	L	J	X	Q	C	G
K	W	C	J	Z	E	U	W	B	Z	H	R	X	A	G	L	K	N	M	Y
I	B	X	Z	U	A	H	O	O	L	G	X	R	G	N	I	D	R	A	H
L	C	Z	V	G	F	G	F	S	O	R	E	V	J	H	F	B	S	M	Y
X	H	P	S	F	D	H	P	K	O	G	Y	F	E	M	X	K	K	F	H
Y	U	R	I	Z	K	N	B	B	Z	H	A	R	R	I	S	O	N	Q	U
S	T	P	G	H	B	H	Y	T	G	C	M	B	T	Y	A	M	I	T	Z
L	D	N	I	L	T	A	I	X	B	D	H	E	Q	O	I	M	B	R	F
R	E	T	R	A	C	F	Q	E	T	D	L	O	Q	G	B	V	S	L	T

Solution page 607

Laurent accoste une belle blonde dans une discothèque :

– Salut ! Comment tu t'appelles ma belle ?

– Je m'appelle Denise ! Qu'est-ce que tu fais dans la vie ?

– Je suis poète !

– Ah bon ? C'est génial ! Tu peux me faire une rime ?

Denise, tu veux que je te dise ?

– Attends ! Attends ! Je t'ai menti, je m'appelle Thérèse !

Le saviez-vous ?

- Le mot « **poisson** » n'existe pas en biologie. Il a été inventé tout spécialement pour la cuisine.
- Si la cuisine des pays chauds est riche en plats puissants, ce n'est pas pour rien. Le **pouvoir** antiseptique et antibactérien du **piment** permettait de prolonger la conservation des aliments, à l'époque où le réfrigérateur n'avait pas encore été inventé.
- Le **poivron rouge** est encore plus riche en vitamine que l'orange.
- Le **haricot vert** n'est pas un légume, mais un fruit. Tout comme la tomate, l'aubergine, le poivron, le concombre ou encore la courgette, selon leur classification botanique.

Les hommes
sont fascinants !
Ils matent un match
de foot, puis une émission
qui résume ce match.
Et puis un expert
qui leur explique ce
qu'ils ont vu.

Pourquoi parle-t-on portugais au Brésil ?

C'est une source de confusion pour bon nombre de voyageurs. Si la majorité des pays d'Amérique latine ont l'espagnol comme langue officielle, ce n'est pas le cas d'un des plus grands d'entre eux : le Brésil. Eh oui, on y parle le portugais ! La cause de cette curiosité linguistique est à retrouver dans l'histoire des colonisations.

En effet, à la fin du XVe siècle, Espagne et Portugal étaient deux États conquérants bien décidés à arpenter les mers et à posséder les terres rencontrées sur leur chemin. Si Christophe Colomb fut le premier à « découvrir » l'Amérique pour le compte de l'Espagne, il en fut de même pour le continent africain avec le Portugais Bartolomeu Dias.

Comment arbitrer la conquête du monde afin que chacun se taille une part du gâteau, mais sans empiéter sur son voisin ? La solution fut radicale : les deux nations décidèrent de tracer une ligne verticale au milieu de l'océan Atlantique. Tout ce qui était à gauche de la ligne reviendrait à l'Espagne, tout ce qui était à droite au Portugal. Voilà qui explique pourquoi l'on parle espagnol en Argentine et portugais au Cap-Vert.

Mais il restait une contrée inconnue des uns et des autres : le Brésil… Six ans après ce partage du monde, le navigateur portugais Pedro Álvares Cabral « découvrait » par hasard les terres brésiliennes. N'étant pas compris dans le pacte initial, le pays devint donc portugais.

Le petit Mario demande à sa maman :

– Maman, est-ce que les dindes ont des seins ?

– Je ne crois pas…

– Ben pourtant, papa dit toujours à la femme de ménage qu'elle a des plus beaux seins que sa dinde !

QU'EST-CE QUE VOUS FAITES ?
UN JARDINIER M'A DIT QU'UN ARBRE ÇA SE TAILLE ! ALORS JE PRENDS MES PRÉCAUTIONS !

QUI EST L'INTRUS ?

ROME

VIENNE

MOSCOU

SYDNEY

MADRID

DAKAR

SOFIA

REYKJAVIK

Solution : L'intrus est Sydney qui n'est pas une capitale. La capitale de l'Australie est Canberra.

À partir de quel salaire êtes-vous considéré comme riche ?

La richesse, c'est un peu subjectif. On la perçoit différemment selon son métier, son histoire familiale, la ville où l'on habite... Cependant, l'Observatoire des inégalités en France a son petit avis là-dessus. Dans une étude dévoilée en juin 2020, il place le seuil de richesse à partir du revenu net de **3 470 euros** par mois (après impôt). Si vous êtes en couple, ce seuil est de **7 287 euros** par mois.

Un calcul qui n'a pas été fait au hasard : il s'agit du double du salaire médian en France (**1 735 euros** par mois). **8,2 %** des Français auraient atteint ou dépassé le seuil de richesse en France, soit environ **5,1 millions** de personnes.

Toutefois, comme le précisent les auteurs de l'étude, le revenu de **3 470 euros** net par mois n'est « qu'un seuil d'entrée dans le club des privilégiés : au-delà, les chiffres s'envolent... »

– Chéri, voilà…
j'attends un enfant !
– Ah bon ? Et depuis
combien de temps ?
– 3 mois.
– À mon avis, il ne
viendra plus…

Le saviez-vous ?

- Il est impossible de roter dans l'espace, car l'absence de pesanteur empêche l'accumulation de gaz dans l'estomac. Les astronautes sont donc davantage sujets… aux pets.
- La fameuse intuition féminine existe bel et bien. Elle est due au développement supérieur chez les femmes de l'OVM (organe voméronasal). Logé dans les fosses nasales et stimulé par les œstrogènes, il permet de détecter sous forme de phéromones les émotions de la personne en face !

Hier, j'ai croisé ma
diététicienne au McDo.

Je l'ai regardée…
Elle m'a regardée…
On s'est regardées…

Puis on a fait comme
si on ne se connaissait pas !

CARRÉ MAGIQUE

DIFFICILE

Obtenez la somme de **260** sur toutes les lignes horizontales et verticales !

49		4		33	46	20	31
	7	9	54		39	25	22
13	50	16	51		34		19
8	11	53	58	40	27		42
	59	5	10	24		37	26
61	2	64	3	29		48	
12		57	6	28	23	41	
1	62			17	30	36	47

Solution page 602

La salive nettoie

Vrai.
Selon une étude portugaise qui a reçu le prix Nobel de chimie, la salive contient une enzyme appelée l'alpha-amylase. Cette dernière aide à la digestion en dégradant les glucides présents dans l'amidon. Si vous avez des taches de chocolat ou de purée sur vos vêtements, la salive est donc une bonne alliée !

L'eau bout-elle toujours à 100 degrés ?

On l'apprend très tôt à l'école : l'eau entre à ébullition à 100 degrés, un point c'est tout. Sauf que ce n'est pas toujours le cas ! Un exemple : armé d'une casserole et d'un paquet de pâtes, vous envisagez de cuisiner un petit plat de bolognaise au sommet du mont Everest. Bonne nouvelle, vous aurez vite l'occasion de vous réchauffer, car vos pâtes seront prêtes plus rapidement qu'à l'accoutumée. En effet, à cette altitude, l'eau bout à seulement 72 degrés ! Mais soumis à une plus forte pression, l'élément liquide met plus de temps à atteindre l'état d'ébullition. Voilà pourquoi dans les profondeurs des océans, des chercheurs ont pu constater l'existence de sources d'eau extrêmement chaude (jusqu'à 300 degrés), mais n'entrant pas en ébullition. A contrario, en raison d'une pression atmosphérique particulièrement basse, l'eau bout à 0 degré sur la planète Mars !

Une prostituée se fait
vacciner contre la grippe :
– Vous préférez que je
vous pique au bras
ou à la fesse ?
– Oh, plutôt au bras,
ça se verra moins !

QUEL EST
LE PLUS HAUT
SOMMET DE
PARIS ?

LE PIC DE
POLLUTION.

Vrai ou faux ?

Il a toujours existé une chaussure pour le pied droit et une pour le pied gauche

Faux.
Jusqu'au XIXe siècle, les chaussures pouvaient s'utiliser indifféremment pour le pied droit et pour le pied gauche ! Comme vous pouvez vous en douter, ce n'était pas très confortable à l'usage. En 1854, l'industriel Alexis Godillot sauva les pieds meurtris en inventant des souliers beaucoup plus ergonomiques pour les soldats de la guerre de Crimée. Leur emploi se généralisa très rapidement, d'où le terme de « godillot », resté dans le vocabulaire pour désigner une chaussure.

2040

– Papa, c'est vrai qu'à l'époque ils ont fermé les écoles plusieurs années à cause d'un virus ?
– Oui…
– Et c'était comment ?
– Sa aité tro supaire.

JEUX

SUDOKU

DIFFICILE

2		6		4				
	9	5	6					
	1				3			7
		7	2					
	2	3		6		9	1	
					8	6		
9			1				4	
					6	1	8	
				3		7		9

Solution page 613

Je viens d'accepter
de jouer dans un
film porno.
Je joue le mari qui
part au travail !

LABYRINTHE

FACILE

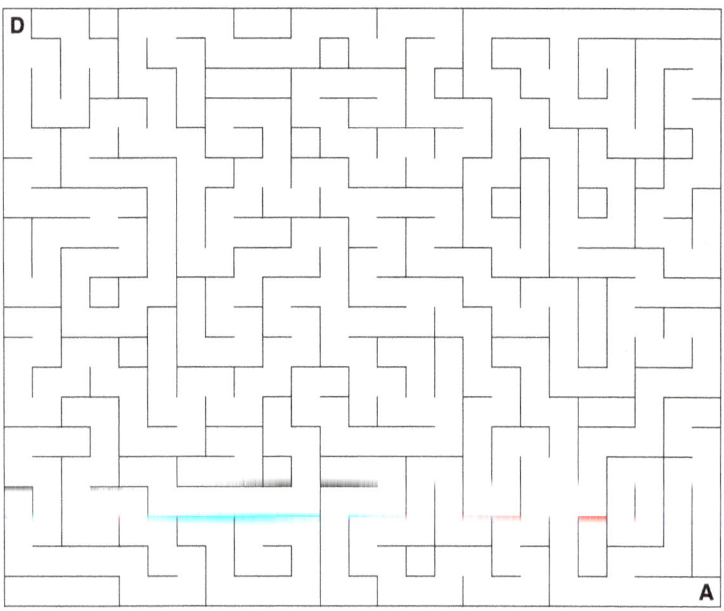

QUIZ

Quelle est la hauteur du New York Times Building situé à Manhattan ?

a. 295 mètres
b. 319 mètres
c. 359 mètres
d. 415 mètres
e. 503 mètres
f. 556 mètres

Solution : b.

Chériiiiii !!!
Si j'étais enceinte,
tu aimerais que
ce soit quoi ?
Chais pas moi...
une Bose ?

Moi, je suis pour l'égalité des sexes. J'en ai marre que les femmes se moquent de moi quand je me déshabille.

Pourquoi les hommes qui ont un gros ventre ont un petit pénis ?

T'as déjà vu quelque chose pousser à l'ombre ?

C'EST QUI ?
JE NE COMPRENDS RIEN ! ELLE PARLE COMME UNE VACHE ESPAGNOLE !

ALLO, ALLO ?!

Le saviez-vous ?

Outrage : la première fois qu'une chasse d'eau est tirée au cinéma !

Tirer la chasse d'eau, un geste on ne peut plus banal, n'est-ce pas ? Mais ce qui nous paraît très commun n'était pas considéré comme faisant partie des bonnes mœurs il y a encore quelques années. En 1960, Alfred Hitchcock dévoile au monde son célébrissime long-métrage, Psychose. On aurait pu penser que la scène la plus choquante du film est celle du meurtre de Marion Crane sous sa douche. Pourtant, ce n'est pas le seul extrait de Psychose à avoir stupéfié les Américains. À un moment de l'intrigue, le personnage joué par l'actrice Janet Leigh déchire une note et la jette dans les toilettes… avant de tirer la chasse d'eau. « Quel manque de pudeur ! », estima le public américain. Une anecdote qui nous fait bien rire aujourd'hui.

Un moineau drague
un pigeon :
– Ça te dirait d'aller
prendre un ver ?

Humour

Maurice et Lucienne, 80 ans, habitent un petit village d'Auvergne, tout près d'un aérodrome où, chaque année, sont organisés des baptêmes d'hélicoptère. Depuis toujours, Maurice et Lucienne rêvent de faire ce baptême de l'air mais… Lucienne est près de ses sous.
Chaque année, elle répète inlassablement à Maurice :
– 50 euros, c'est 50 euros !
Cette année, ils fêtent leurs 60 ans de mariage.
Maurice dit à Lucienne :
– C'est nos noces de diamant ! Ça se fête ! On pourrait se l'offrir notre baptême exceptionnellement !
– Oui mais… 50 euros, c'est 50 euros.
Le pilote de l'hélicoptère, homme au grand cœur, qui se tient à côté d'eux entend la conversation et leur dit :
– Si c'est une question d'argent, je vous propose quelque chose. Je vous offre ce baptême à condition que vous ne disiez pas un mot ! Si un de vous deux dit quelque chose ou hurle, je vous préviens, c'est 50 euros.
– C'est d'accord ! répondent Maurice et Lucienne, ravis de cette opportunité.
Le vieux couple s'installe à l'arrière de l'appareil et c'est parti !
Ils sont aux anges.
Le pilote, qui est un sacré farceur, veut tout faire pour les faire parler ou crier… même si au final, il est décidé de leur offrir le tour.
Il commence à faire des manœuvres périlleuses mais Maurice et Lucienne tiennent bon ! Ils serrent les lèvres et aucun son ne sort de leur bouche. Le pilote veut pousser l'expérience à l'extrême : il amorce un superbe looping ! La boucle terminée, l'hélicoptère se pose au sol sans que le vieux couple n'ait dit quoi que ce soit. Le pilote descend et, alors qu'il s'apprête à aider le couple, il constate qu'il ne reste plus que Maurice !
– Mais, où est votre femme ???!!!, s'inquiète le pilote.
– Elle est tombée quand on a fait le looping ! répond Maurice.
– Et vous n'avez rien dit ???
– Ben… 50 euros, c'est 50 euros !

Salut Patrick !

ÇA PUE LA TRIQUE !

Audrey parle avec sa copine Sophie :

– Ça y est… enfin ! Après six ans de chômage, mon mari a été embauché à la SNCF ! Il a commencé à travailler avant-hier !

– Il doit être content !

– Tu parles que oui ! Depuis hier, il a pu se mettre en grève !

Marie-Madeleine déclare à sa meilleure amie Anne-Laure :

– Grâce à moi, mon mari est devenu millionnaire !

– Tu plaisantes ? On passe notre temps à dépenser l'argent de nos maris…

– Je sais, mais avant mon mari était milliardaire !

Le saviez-vous ?

Quand une athlète envoie sa sœur jumelle à sa place... aux Jeux olympiques !

Le monde du cinéma et celui de la littérature raffolent des histoires de jumeaux. Mais la vie réelle peut aussi donner lieu à des situations vraiment rocambolesques ! C'est le cas d'une affaire survenue lors des Jeux olympiques de Los Angeles, en 1984. Madeline de Jesús, championne d'athlétisme de Puerto Rico, a eu la déception de se blesser pendant l'épreuve de saut en longueur. Impossible pour elle de participer à la prochaine épreuve, celle du relais 4 x 100 mètres… Rageant de priver son équipe d'une compétitrice, elle imagine un plan ingénieux, mais très risqué : envoyer sa sœur jumelle à sa place ! On imagine bien sûr que cette dernière avait également un bon niveau en sprint. La supercherie réussit à merveille et l'équipe de Puerto Rico est qualifiée pour les finales. Malheureusement pour les deux sœurs, l'entraîneur se rend compte de la tricherie et, furieux, retire officiellement son équipe de la compétition. Bien essayé…

Trois personnes
sont dans un ascenseur :
un Père Noël, un curé et
une cagole intelligente.
Un billet tombe au sol.
Qui le ramasse ?
Le curé car c'est le
seul qui existe !

MOTS MÊLÉS

Grandes villes chinoises

Saurez-vous retrouver chacun des mots cachés dans ce tableau ?

Les mots peuvent être écrits horizontalement, verticalement, en diagonale ou à l'envers.

Mots à trouver :

1) CANTON
2) CHANGCHUN
3) CHANGSHA
4) CHENGDU
5) CHONGQING
6) DALIAN
7) DONGGUAN
8) GUIYANG
9) HANGZHOU
10) HARBIN
11) JINAN
12) NANCHANG
13) NANKIN
14) PEKIN
15) QINGDAO
16) SHANGHAI
17) SHENYANG
18) SHENZHEN
19) TIANJIN
20) WUHAN

JEUX

C	I	T	J	W	C	F	K	Z	V	B	P	J	X	N	C	N	D	C	N
V	H	G	U	S	H	A	N	G	H	A	I	N	C	A	H	E	O	E	J
C	V	O	H	O	C	Z	A	I	P	O	I	Q	S	H	A	H	N	L	S
Z	H	Z	N	X	H	G	Z	V	I	K	I	H	U	U	N	Z	G	Y	T
U	Z	A	V	G	G	Z	X	X	E	P	E	F	U	W	G	N	G	N	N
Y	V	H	N	Z	Q	T	G	P	N	N	G	D	C	Z	C	E	U	R	R
J	N	Z	B	G	A	I	N	N	Y	P	G	H	H	X	H	H	A	U	W
T	P	A	D	P	S	H	N	A	A	N	M	S	L	W	U	S	N	C	G
R	A	R	I	J	L	H	N	G	E	H	K	D	Y	S	N	K	C	N	X
N	A	N	U	L	K	G	A	H	G	N	A	H	C	N	A	N	A	C	N
B	S	L	Z	K	A	Q	C	T	I	A	N	J	I	N	J	Y	S	I	B
T	C	X	G	P	I	D	M	P	P	L	V	Y	H	D	I	J	C	J	A
Z	D	S	Z	N	J	F	U	E	O	N	T	X	H	U	Y	P	I	G	T
D	K	I	G	X	B	K	X	M	L	M	Q	I	G	B	G	O	Y	C	P
R	Q	D	U	N	B	F	F	P	F	H	N	A	Z	W	M	Z	E	O	C
P	A	Z	G	N	I	K	N	A	N	J	E	P	V	G	W	L	W	O	A
O	H	A	R	B	I	N	T	G	W	J	I	X	A	A	M	J	T	H	N
E	E	H	H	Y	J	V	S	J	A	T	R	N	G	Q	R	X	B	E	T
M	U	S	Q	V	I	Q	X	K	L	I	W	D	A	Q	A	H	W	D	O
P	J	C	G	K	T	W	Z	D	N	W	L	T	V	N	S	X	R	Q	N

Solution page 607

Denis, un homme très radin, va voir son médecin qui lui demande :

– Alors, de quoi souffrez-vous, monsieur ?

– Si je vous le dis, vous n'aurez pas à chercher. Dans ce cas, est-ce que vous me ferez payer demi-tarif ?

– Cléopâtre, voulez-vous prendre pour époux Hamid, pour le meilleur et pour le pire ?

– Oui, je le veux.

– Voulez-vous prendre pour épouse Cléopâtre, pour le meilleur et pour le pire, Hamid ?

Ma femme m'a demandé
pourquoi je chuchotais
dans la maison.
J'ai répondu que c'était parce
que j'avais peur que Mark
Zuckerberg nous écoute !
Ma femme a éclaté de rire.
Moi aussi.
Siri aussi.
Alexa aussi.
Le robot-cuiseur de Lidl aussi.

Pourquoi est-il si désagréable d'entendre sa voix enregistrée ?

Un léger malaise vous envahit lorsque vous écoutez le message de votre propre répondeur… Rassurez-vous : vous n'êtes pas seul. Les journalistes TV et radio le savent bien, il n'est jamais agréable d'entendre pour la première fois le son de sa voix sur un enregistrement. Jean Abitbol, médecin ORL, a expliqué à Wendy Bouchard sur Europe 1 la raison pour laquelle nous ressentons cette inexplicable gêne. Selon ses dires, il existe deux sortes de « voix » : celle « qui sort de nos lèvres et qui arrive à nos oreilles par le monde extérieur » et celle « qui résonne à l'intérieur de notre corps ». Ce qui nous perturbe tant ? « Votre voix à l'intérieur de vous-même résonne dans les graves parce que votre corps résonne dans les graves », explique le médecin. Quand nous entendons notre voix via un enregistrement, elle paraît plus aiguë (et donc moins posée et moins séduisante !), car la caisse de résonance de notre crâne n'atténue plus la fréquence des vibrations sonores. CQFD !

Le petit Léon en a marre d'être tous les soirs en retenue et tente de faire fléchir son institutrice, Mathilde :

– M'dame ! Vous ne pensez pas que votre mari va finir par avoir des soupçons si vous me gardez après la classe, tous les soirs ?

JEUX

SUDOKU

FACILE

		7	5	6		4	8	
		4	7	2		5		9
	6				8			3
5	4		1	7				
				5	9		1	7
8			2				4	
4		2		1	7	3		
	1	3		9	4	8		

Solution page 614

– Bonsoir madame,
police nationale.
Vous savez pourquoi
je vous arrête ?
– Parce que c'est chiant
de courir à côté
de ma portière pour
me parler ?

CARRÉ MAGIQUE

FACILE

Obtenez la somme de **18** sur toutes les lignes horizontales et verticales !

		3
	4	5
2		

Solution page 602

Charade

Mon **premier** est **PLACÉ**,

Mon **deuxième** est un de vos **CORDONS**,

Mon **troisième** incarne **TONY MONTANA**,

Mon **quatrième** **S'EXCLAME**,

Mon **cinquième** est **ENTERRÉ**,

Mon **tout** est une **SCIENCE**.

Solution : Minéralogie [Mis-Nerf-Al-Oh-Gît]

Deux cagoles, Sabrina et Kimberley, sont sous la douche :

– Kimberley, tu me passes le shampoing, s'il te plaît ?

– Oui, tiens…

– Mais non ! Pas celui-là ! Il est pour cheveux secs et les miens sont mouillés !

C'est prouvé : on peut mourir d'avoir bu trop de café !

Accro à votre expresso bien corsé du matin ? Attention toutefois à ne pas trop en siroter, cela pourrait vous être fatal. C'est la triste histoire qui a probablement causé la fin de l'écrivain Honoré de Balzac (1799-1850). *Le Père Goriot, Eugénie Grandet, Illusions perdues*... Autant de célèbres œuvres rédigées par cet auteur, mais le génie a un prix.

Véritable bourreau de travail, Honoré de Balzac n'hésitait pas à faire de courtes nuits de quatre heures. Le reste du temps était consacré à l'écriture, encore et toujours... Pour tenir ce rythme de forcené, cet accro à la caféine consommait des dizaines de tasses par jour ; jusqu'à cinquante ! « Le café tombe dans votre estomac, dès lors tout s'agite : les idées s'ébranlent comme les bataillons de la Grande Armée sur le terrain de la bataille », témoignait-il.

Malheureusement pour lui, la substance à l'origine de sa folle énergie aura fini par causer sa perte. Honoré de Balzac décède en 1850 d'une insuffisance cardiaque, d'œdèmes et de problèmes rénaux, très probablement liés à sa consommation excessive de café.

Et sinon, boire de l'eau, c'est bien aussi...

ET VOUS FAITES QUOI DANS LA VIE ?
J'AI ÉCRIT UN LIVRE
WAOUH SUPER ! UN ROMAN ? UN POLAR ?
J'AI ÉCRIT MES MÉMOIRES
OH J'ADORE !!! JE POURRAI LE LIRE ?
un livre mes mémoires

POURQUOI ADAM ET ÈVE
S'ENTENDAIENT-ILS
SI BIEN ?

PARCE QU'ÈVE N'A
JAMAIS PU PARLER DE
SES ANCIENNES CONQUÊTES
À ADAM ET QUE CE
DERNIER N'A JAMAIS PU
CRITIQUER LA CUISINE
DE SA BELLE-MÈRE !

Dieu, avant mon arrivée sur terre, m'a donné le choix entre un gros pénis et une mémoire d'éléphant.
Je n'arrive pas à me souvenir de ce que j'ai choisi.

Humour

Gérard, un très vieil arbitre de football décède et se présente à la porte du paradis.
Un saint, tout de blanc vêtu, l'accueille avec beaucoup de considération :
– Soyez le bienvenu. Je vous attendais avec impatience. Suivez-moi, je vais vous montrer votre appartement qui est situé dans un quartier résidentiel.
– Écoutez monsieur le saint, je ne sais pas si je peux entrer directement au paradis, car je vous le confesse, j'ai été un mauvais arbitre de football. Je me suis laissé acheter, j'ai favorisé Saint-Étienne contre Lyon lors d'une finale de la Coupe de France. C'est pour cela que Saint-Étienne a gagné ! Et j'ai honte !
Le saint se penche alors à son oreille et lui murmure :
– Je dois vous dire que saint Pierre est très occupé en ce moment et c'est moi qui le remplace à l'accueil. Soyez rassuré, il n'y a aucun problème. Faites-moi confiance !
– Mais qui êtes-vous monsieur le saint ?
– Je suis saint Étienne…

« NOUS SOMMES FRAIS COMME DES GARDONS »

Une expression née au XVIIe siècle facile à comprendre. Pêcher un gardon frais était très apprécié à l'époque, car il pouvait être conservé longtemps une fois séché. « **Frais comme un gardon** » devient donc un argument commercial, entendu sur les marchés.

« C'EST UN VRAI PLOUC »

Le mot « **plouc** » a été inventé par les Parisiens pour se moquer... des Bretons ! À la fin du XIXe siècle, nombre d'entre eux sont venus s'installer dans la capitale. Ils venaient souvent de localités dont le nom commençait par « **Plou** » : Plougar, Plouézec, Plouguin... Rien de plus normal, car le préfixe breton « **plou** » signifie « **paroisse** ». Les Parisiens les jugeant rustres, ils les surnommèrent méchamment des « **ploucs** ».

JEUX

MOTS CROISÉS

HORIZONTALEMENT

1. Pyrimidines
2. Roche volcanique claire
3. Deuxième personne du singulier de l'imparfait du subjonctif d'un verbe auxiliaire
4. Thulium – Violoniste belge
5. Direction
6. Béryllium
7. Rigolote
8. Binocles

VERTICALEMENT

I. Relatif à l'uretère
II. Eaux-de-vie des Amériques – Lettre de l'alphabet grec
III. Anagramme de say – Commune française du département de l'Orne, en Normandie
IV. Enveloppe de théière – Sélénium
V. Atolls – Selle
VI. Bouquinaient
VII. Célèbre extra-terrestre – Tellure
VIII. Distinguées

JEUX

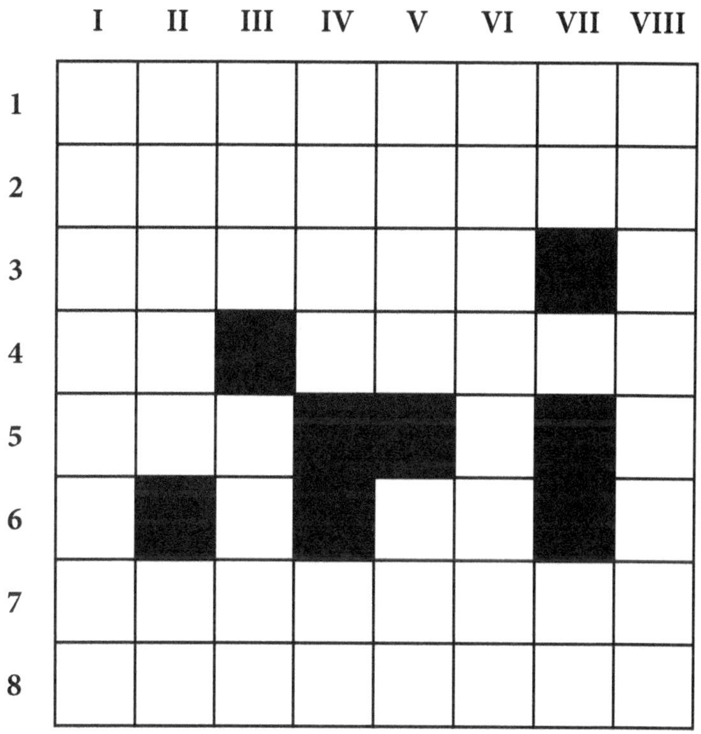

Solution page 617

– Je viens d'emmener ma fille à la cruche.
– Tu veux dire à la crèche ?
– Non. Je l'ai laissé à ma belle-mère.

Devinez quelle partie de votre corps s'allonge durant toute votre vie !

Eh non, messieurs, ce n'est pas celle que vous auriez souhaitée.
Avez-vous déjà remarqué à quel point le nez des personnes âgées semble parfois long ? Ce n'est pas qu'une impression. Cette modification est en partie liée à l'amaigrissement des joues et à l'affinement des lèvres, mais, en réalité, le nez d'un être humain continue bel et bien à s'allonger tout au long de sa vie. Les fibres d'élastine et de collagène de votre appendice nasal, constitué de cartilage, s'affaissent peu à peu avec le temps, gagnant ainsi en longueur.
Autre partie du corps qui subit le même sort : les oreilles, qui s'allongent de 0,2 millimètre chaque année !

J'ai fait un scandale à Carrefour ! J'ai trouvé des produits périmés dans le rayon vin !

Il y avait même des bouteilles de 2007 !

LABYRINTHE

MOYEN

QUIZ

À quel groupe de chanteurs appartient l'album Dig Out Your Soul ?

a. Oasis
b. U2
c. Muse
d. Blur
e. Red Hot Chili Peppers
f. Coldplay

Solution : a. Dig Out Your Soul a cumulé plus de 3 millions de ventes dans le monde.

Ce matin, je suis allé aux toilettes sans mon WC BOOK. Il y a 147 carreaux dans ma salle de bains.

« IL A UN VRAI COEUR D'ARTICHAUT »

Au milieu du XIXe siècle, un proverbe disait : **« *Cœur d'artichaut, une feuille pour tout le monde* »**, en référence aux nombreuses couches de ce légume, facile à partager à table. On comprend mieux le sens de l'expression « avoir un cœur d'artichaut » : donner un peu de son cœur à tout le monde, donc tomber amoureux facilement !

« J'AI LE BÉGUIN POUR TOI »

Au XIIe siècle, le **« *béguin* »** était la coiffe traditionnelle des béguines, des religieuses belges. Parallèlement, on utilisait l'expression **« *être coiffé* »** dans le sens **« *être aveuglé par quelqu'un ou quelque chose* »**, en référence aux cheveux ou au bonnet tombant sur les yeux. Au XIVe siècle, **« *être embéguiné* »** tomba dans le langage courant, avant de céder sa place à **« *avoir le béguin* »** : être amoureux.

QUE RISQUE-T-ON À TRAITER VLADIMIR POUTINE DE GROS CONNARD EN RUSSIE ?

20 ANS DE PRISON POUR DIVULGATION DE SECRET D'ÉTAT !

Combien de temps faut-il à votre sang pour traverser tout votre corps ?

On le sait, les globules rouges apportent de l'oxygène à toutes nos cellules et nos organes avant de refaire le chemin en sens inverse, porteurs de dioxyde de carbone évacué via l'expiration. Si l'on se penche sur le cas particulier d'un seul globule rouge, on peut en déduire, grâce à un calcul simple, qu'il met environ **44 secondes** pour parcourir tout votre organisme.

Voici la formule mathématique à l'origine de ce raisonnement : **67** (nombre de battements cardiaques moyens par minute) x **0,1** (nombre de litres de sang pompés par battement cardiaque) = **6,7 litres de sang**. Prenant le cas d'une personne pesant **70 kilos**, on peut estimer que **7 %** de son poids est composé de sang, soit **4,9 litres. 4,9 litres de sang** circulent donc dans votre corps toutes les **44 secondes** !

Paris est-elle vraiment unique ?

Certainement, mais pas son patronyme. Le nom de la Ville Lumière a inspiré des dizaines d'autres cités à travers le monde. D'après la base de données GeoNames, elles seraient même plus de quarante sur tous les continents !

Petite liste non exhaustive : vous pourrez visiter Paris en France, bien entendu, mais aussi au Canada, au Nicaragua, au Pérou, au Togo, en Russie, en Iran, en Australie, en Bolivie, au Congo, au Gabon… Les États-Unis récoltent la palme avec pas moins de 29 villes nommées Paris !

Alors, tous des copieurs ? Certaines cités ont été appelées Paris en hommage à la capitale française, admirée il y a des années de cela pour son élégance et son importance sur la sphère géopolitique mondiale. D'autres ont tout simplement été nommées ainsi par des pionniers venus coloniser des contrées lointaines… et s'assurer que l'on n'oublierait pas le patronyme de l'envahisseur !

JEUX

SUDOKU

MOYEN

		2		4	7	5	6	
9				5				3
		3			1		4	
				1	3	6		
6								8
		5	8	2				
	5		1			4		
4				8				1
	9	1	5	3		2		

Solution page 614

Humour

John, un Anglais, se présente à l'hôpital de Lyon et s'adresse à l'accueil avec un fort accent :

– Bonjour, je voudouais ma faire stéwiliser.

On lui demande de rencontrer un chirurgien qui lui explique :

– Écoutez, monsieur, je veux bien vous stériliser mais, savez-vous que c'est une opération délicate et surtout irréversible ?

– Ça ne fait lien, je veux me faire stéwiliser.

Le chirurgien lui fait alors signer une décharge puis, le lendemain, procède à l'opération.

Quelques heures plus tard, l'opéré se réveille. Il passe encore quelque temps à l'hôpital puis est autorisé à rentrer chez lui.

Au moment où il quitte l'hôpital, John rencontre un de ses amis français qui lui demande :

– Alors John ? Ça y est, tu t'es fait vacciner ?

– Ha ! Vacciné ! C'est ça, je cherchais la nom.

SI TU METS UN TUTU
À CHACUNE DE TES
TESTICULES, EST-CE
QU'ON PEUT DIRE QUE
TU T'EN BALLET
COUILLES ?

UN CHAMPIGNON
À LA GRECQUE,
EST-CE UNE MYCOSE
ALIAGAS ?

UN LIVRE SUR
LE CHEVAL

QUI EST L'INTRUS ?

IL JOUAIT DU PIANO DEBOUT

WANNABE

EYE OF THE TIGER

I WANT TO BREAK FREE

LÀ-BAS

BILLIE JEAN

LES DÉMONS DE MINUIT

CAMBODIA

LE BANANA SPLIT

Solution : L'intrus est Wannabe. Cette célèbre chanson des Spice Girls date de 1996, tous les autres sont des hits des années 1980.

La maîtresse demande
au petit Léon :
– Léon, conjugue-moi
le verbe « parler » au présent.
– Je parle. Tu parles. Il parle.
La maîtresse :
– Plus fort Léon !
– Nous crions. Vous criez.
Ils crient.

Le saviez-vous ?

La baguette du chef d'orchestre est-elle vraiment utile ?

Il faut bien l'avouer, pour le commun des mortels, la fonction d'un chef d'orchestre est vraiment mystérieuse. Surtout, nombreux sont les spectateurs néophytes à se poser une question toute simple : a-t-il vraiment besoin d'utiliser une baguette ? Pourquoi n'exécute-t-il pas les mêmes gestes tout simplement avec ses bras ?

Tout d'abord, sachez que tous les chefs d'orchestre n'emploient pas une baguette. Les célèbres Pierre Boulez, Leopold Stokowski et Kurt Masur se servaient uniquement de leurs mains pour diriger leurs musiciens. Malgré tout, il semblerait bien que ce petit accessoire, autrefois composé de bois, mais aujourd'hui souvent en fibre de verre ou en carbone, possède véritablement une utilité. La baguette du chef d'orchestre lui permet de distiller ses directives de manière plus subtile et de s'assurer que chaque musicien le voit, même de loin.

Donc pas indispensable, mais bien pratique !

CARRÉ MAGIQUE

MOYEN

Obtenez la somme de **117** sur toutes les lignes horizontales et verticales !

29	6			24	28
7	35	3		26	
	4		27	22	23
	31	32	18		14
34		30	16	17	
2		37	11	15	19

Solution page 602

JEUX

MOTS MÊLÉS

Planètes et étoiles

Saurez-vous retrouver chacun des mots cachés dans ce tableau ?

Les mots peuvent être écrits horizontalement, verticalement, en diagonale ou à l'envers.

Mots à trouver :

1) ACHERNAR
2) AIN
3) CASTOR
4) CHARA
5) DENEB
6) DZIBAN
7) ENIF
8) GIAUSAR
9) HADAR
10) JUPITER
11) LIBERTAS
12) MARS
13) MEISSA
14) MERCURE
15) MUSICA
16) NEPTUNE
17) OKAB
18) POLLUX
19) RAN
20) RIGEL
21) SATURNE
22) SHAM
23) SITULA
24) SPICA
25) TARF
26) URANUS
27) VENUS
28) WASAT

JEUX

M	K	V	C	E	L	N	Y	E	S	C	U	B	V	I	M	P	R	D	N
K	H	W	A	D	N	M	R	A	K	J	H	O	P	P	Y	M	K	X	U
Q	J	N	A	R	R	U	T	B	E	U	B	S	U	N	A	R	U	Y	Y
I	U	V	J	E	C	U	T	T	U	T	S	P	I	C	A	Y	L	H	Y
G	P	H	W	R	R	Z	D	P	A	P	J	O	Z	D	A	X	O	B	W
H	I	B	E	N	S	J	K	S	E	R	Y	R	M	E	I	S	S	A	W
Z	T	M	E	U	L	Y	A	P	K	N	F	A	B	N	J	T	M	J	A
U	E	R	Y	F	S	E	O	O	R	H	Y	D	N	E	M	O	R	J	S
F	R	N	A	X	E	L	G	R	F	D	W	A	D	B	M	K	M	J	A
J	A	F	A	S	L	F	W	I	K	T	S	H	X	X	A	A	U	F	T
H	N	Q	F	U	U	Q	B	E	R	A	P	W	P	O	H	B	S	X	W
H	R	I	X	O	D	A	B	W	T	X	M	Y	A	H	S	C	T	Y	T
T	E	G	W	Z	Q	V	I	R	H	K	E	I	Y	H	K	Q	Z	Z	Y
U	H	U	I	W	Z	N	E	G	A	D	S	U	X	D	F	T	O	T	I
M	C	B	M	M	M	B	W	L	N	C	A	S	T	O	R	L	Q	J	D
M	A	H	E	U	I	J	U	I	Z	G	T	X	V	I	C	S	L	P	Q
N	C	R	A	L	S	T	A	F	I	N	E	O	L	O	Q	O	N	A	D
R	O	X	S	R	I	I	I	P	H	H	V	V	E	N	U	S	P	V	E
Z	V	D	J	S	A	A	C	M	T	K	M	Y	F	S	K	L	I	A	C
C	T	N	Y	J	P	Q	G	A	J	H	U	T	T	K	R	I	Y	T	T

Solution page 608

DEUX CHÈVRES SONT SUR UN BATEAU : BABI ET BABA. BABA TOMBE À L'EAU. QUE SE PASSE-T-IL ?

BABA COULE ET BABI BÊLE.

– Je t'aime plus que quiconque.
– Le korille ?

Envoyons-nous dans la culture !

ENCULONS-NOUS DANS LA VOITURE !

Humour

3 sœurs, Léa, Sophie et Anna se préparent pour sortir.

Au moment de franchir le pas de porte, leur mère leur demande :

– Où allez-vous ?

Léa :

– Moi, quand je sors avec Henri, on rit !

Sophie :

– Moi, quand je sors avec Charles, on parle !

Anna :

– Moi, quand je sors avec Blaise…

Sa mère l'interrompt immédiatement :

– Non ! Toi, tu restes ici !!!

Le saviez-vous ?

Courir à jeun pour perdre plus de graisses, ça fonctionne ?

Lorsqu'on cherche à perdre du poids, on est à la recherche de toutes les petites astuces qui peuvent nous aider à brûler un peu plus de calories. Parmi les affirmations que l'on entend souvent : faire son running le matin à jeun serait idéal pour se délester de ses kilos superflus. Alors, info ou intox ? Oui, courir sans avoir petit-déjeuné est une bonne idée ! En effet, votre organisme puise directement dans ses stocks de graisse, puisque ses stocks de sucres sont bas après avoir jeûné toute la nuit. Bonus : cela vous permet de vous sentir plus « confortable » dans votre effort, car votre système digestif est en repos. À la clé, des performances sportives accrues et un moral au top pour toute la journée !
Attention toutefois : si vous n'êtes pas habitué, vous risquez de faire un petit malaise pendant votre running. Évitez donc les efforts prolongés (1 heure et plus) et pensez toujours à prendre un petit encas avec vous si coup de pompe (amandes, fruits secs, carré de chocolat, banane…). L'hydratation est indispensable avant, pendant et après votre séance de sport. Et n'oubliez pas que courir à jeun le matin n'est pas une solution miracle… juste un petit coup de pouce.

QUELLE EST
LA DIFFÉRENCE ENTRE
UN ACCORD DE PIANO
ET UN HOMME ?

QUAND ON PLAQUE
UN ACCORD DE PIANO,
IL NE VOUS SUIT PAS
PENDANT UN MOIS
EN PLEURNICHANT ET
EN SUPPLIANT.

Humour

À l'époque des cow-boys dans le Far West :
Un trappeur nommé Bill, qui vit seul dans les montagnes, descend tous les six mois dans la vallée pour faire le plein d'alcool et se soulager sexuellement avec la grosse Maria.
Il arrive dans le saloon, et après avoir chargé ses sacoches de whisky, demande à aller faire un petit tour dans la chambre de la grosse Maria.
Le barman lui dit :
– Désolé Bill. Maria est partie travailler en ville…
– Quoi ??? Mais la ville est à quinze jours de marche d'ici !
– Désolé Bill…
– Mais comment je vais faire, moi, pour tirer un coup ???
– Ben… dans six mois, quand tu redescendras, j'aurais peut-être recruté une autre fille.
– Attendre encore six mois ??? Hors de question !!!
Le barman a une idée :
– Si tu ne peux pas attendre, tu peux faire ça avec le vieux Joe.
– Quoi ??? Le vieux Joe ??? Eh, t'es pas fou ?
Quelques heures et quelques whiskys plus tard, le trappeur dit au barman :
– J'ai bien réfléchi… J'vais pas attendre encore six mois, j'tiendrai pas ! Il est où le vieux Joe ?
– À cette heure-ci, il doit être dans sa ferme.
– Bon… Tu me promets que tout restera entre nous et que tu ne le diras à personne ?
– Personne ? On sera quand même sept à le savoir !
– Sept ??? Pourquoi sept ?
– Ben… toi, moi, Joe, et puis les quatre gars qui viendront tenir Joe, parce que Joe, il n'aime pas trop ça…

QUI EST L'INTRUS ?

PASSIFLORE

COQUELICOT

AMARANTE

SEDUM

ONAGRE

SANTOLINE

GERBERA

HIBISCUS

Solution : L'intrus est la santoline. C'est une fleur jaune, les autres sont rouges.

La claustrophobie
est la peur des endroits
fermés.

Exemple :
Je vais au bistrot mais
j'ai peur qu'il soit fermé !

Pourquoi doit-on lire les mangas à l'envers ?

Cela paraît évident pour les jeunes générations, mais pas du tout pour leurs parents ou leurs grands-parents… Les mangas ont un sens de lecture bien particulier qui se distingue de celui de nos romans occidentaux. Un lecteur de manga commence son ouvrage par ce qui nous semble être la quatrième de couverture et lit les vignettes de droite à gauche.

En réalité, les mangakas (auteurs de mangas) ne sont pas « bizarres ». La vraie raison de cette particularité à nos yeux occidentaux, c'est la différence entre notre langue et celle du pays du Soleil levant. En effet, le japonais s'écrit et se lit… de droite à gauche, et non de gauche à droite comme les langues latines.

Pas question d'inverser le sens de lecture des mangas, ce serait s'éloigner beaucoup trop de la version originelle de l'ouvrage et se montrer infidèle envers l'auteur. Et puis, c'est amusant, non ?

Charade

Mon **premier** est le **MEILLEUR**,

Mon **deuxième** est le

SECOND FILS DE JUDAS,

Mon **troisième** sert à **INDIQUER**,

Mon **tout** répète les **VOYELLES**.

Solution : Assonance [As-Onan-Ce]

Mario retrouve Yoann au comptoir de la brasserie et lui dit :
– Alors, comme ça tu es allé hier soir dans le club échangiste avec ta femme ?
– Oui, mais c'est de la grosse arnaque ! Ils ne m'en ont pas donné une autre, et j'ai dû repartir avec.

« ELLE EST TOMBÉE DANS LES POMMES »

L'origine de cette expression reste inconnue, mais deux hypothèses sont vraisemblables. La première : ce serait une déformation de l'expression **« tomber en pâmoison »**. La seconde : elle viendrait de l'écrivain George Sand, ayant utilisé dans une lettre l'expression ***« être dans les pommes cuites »*** dans le sens d'être très fatiguée.

« QUEL CHARIVARI DANS CETTE MAISON ! »

À l'origine, les charivaris étaient des moyens d'humilier publiquement les couples mal assortis. Au XVIIIe siècle, la population réprouvait les conjoints ayant un grand écart d'âge, non mariés ou suspectés de mœurs douteuses. Pour les punir de s'écarter de la morale, les paysans se postaient sous leurs fenêtres et faisaient un tapage de tous les diables : casseroles, cris, sifflements… !

JEUX

SUDOKU

DIFFICILE

	2	8		5		9		
		9	2					6
3				1	4		7	8
		1					8	
5		7				1		9
	9					5		
6	8		5	3				1
9					7	8		
		5		4		6	9	

Solution page 614

Un ami vient
de mourir à Venise,
heurté par un bateau.
J'ai aussitôt
envoyé toutes mes
gondoléances !

ALLEZ QUOI ! UNE PETITE DERNIÈRE !

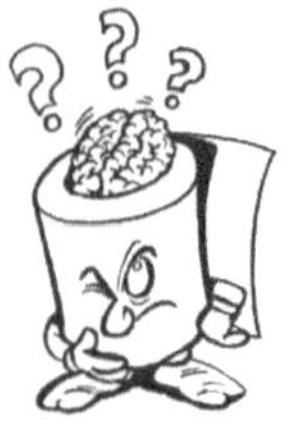

QUIZ

Quelle actrice peut-on voir dans le film Alice au pays des merveilles (Alice in Wonderland) de Norman Z. McLeod ?

a. Mary Boland
b. Kathleen Howard
c. Alison Skipworth
d. Madge Evans
e. Ina Claire
f. Kay Francis

Solution : c. Dans le film, Alison Skipworth joue le rôle de la duchesse.

Pourquoi la glue ne reste-t-elle pas collée à son propre tube ?

Avoir de la glue collée sur les doigts, c'est vite arrivé et c'est très agaçant ! Il faut dire qu'à peine sortie de son tube, la colle extra-forte adhère immédiatement au premier support qu'elle rencontre. Oui, mais au fait, si la glue est si puissante, pourquoi ne colle-t-elle pas à son contenant ?

La réponse dépend du type de colle que vous utilisez, bien que le principe reste le même. Les super glues ont besoin d'air ou d'eau (présente dans l'atmosphère) pour fonctionner. À l'intérieur de leur tube hermétiquement fermé, elles ne sont pas exposées à ces éléments et leur pouvoir collant n'est donc pas activé. Voilà pourquoi il est si important de bien refermer son tube de colle après usage, au risque de la rendre inutilisable.

« Mes matières préférées à l'école étaient maths et dessins. »

Rocco Siffredi

COMMENT
RECONNAÎT-ON
UN FONCTIONNAIRE
DANS UN CAMP
DE NUDISTES ?

C'EST CELUI QUI
A DE LA CORNE
AUX FESSES !

LABYRINTHE

DIFFICILE

Gérard, le fermier, trouve qu'une de ses poules ne pond plus beaucoup. Tous les matins, il lui enfonce un doigt dans l'anus pour vérifier si elle va pondre. Le premier jour, la poule, un peu surprise, ne réagit pas. Le deuxième jour, elle est inquiète. Plus les jours passent, plus son inquiétude s'accroît. Elle décide enfin d'aller voir sa copine la vache :

– Depuis 20 jours, tous les matins, Gérard me met un doigt dans le cul, et puis plus rien. Il s'en va comme si de rien n'était. C'est frustrant à la fin.

– Tu penses, dit la vache, moi, ça fait six ans qu'il me caresse les seins, et il ne m'a jamais embrassée !

- Le mot « fille » apparaît seulement 1 fois dans la Bible...
- La plus grande fleur sur Terre est **70 millions** de fois plus grosse que la plus petite.
- Une anguille émet **400 volts** électriques.
- **80 %** des millionnaires conduisent des voitures d'occasion.
- Dans toute l'histoire de la boxe, **4 hommes** ont été mis KO dans les **11 premières** secondes d'un round.
- Si l'on souhaitait épeler tous les nombres anglais, il faudrait aller jusqu'à **1 000** pour rencontrer la lettre A (one thousand).

J'ai tellement bu
de café ce matin
que le moustique qui
m'a piqué fait de la
tachycardie et parle
Colombien.

Vrai ou faux ?

Sherlock Holmes a dit : « Élémentaire, mon cher Watson »

Faux.
Si Sherlock Holmes a pu s'exclamer « Élémentaire ! » ou appeler Watson « mon cher ami », il n'a jamais prononcé cette phrase en entier dans les livres d'Arthur Conan Doyle. Il s'agit donc d'une citation apocryphe, ce qui signifie « dont l'authenticité est douteuse ».

C'est vraiment con
que l'homme descende
du singe et pas du koala.
Les koalas dorment 20 h
par jour et passent le
reste du temps à bouffer
ou baiser.

Humour

Un cul-de-jatte essaie le nouveau coiffeur du quartier. Celui-ci lui demande :

– Je vous coupe les pattes ?

– Non, mais dites donc, vous voulez mon pied au cul ?

– Ma parole, mais vous vous êtes levé du pied gauche ce matin !

– Attention ! Si vous continuez comme ça, je ne remettrai plus jamais les pieds chez vous !

– Excusez-moi… Je disais ça pour vous faire marcher !

– Heureusement, parce que sinon je prenais mes jambes à mon cou !

CARRÉ MAGIQUE

DIFFICILE

Obtenez la somme de **268** sur toutes les lignes horizontales et verticales !

	57	14	13	34	25		29
63	12			47	28	35	24
5		17	58	21		49	26
16	11	52		32	43		23
	59	4	7	48	27	20	39
53	6		10	37	22	33	
15		3	56		44	19	40
2	9	62	61	18		30	

Solution page 602

QUELLE EST
LA DIFFÉRENCE
ENTRE UN MARTEAU
ET UN MANTEAU ?

UNE LETTRE.

Vaut-il mieux réviser ses examens la veille ou le jour même ?

En matière de révisions, deux camps s'affrontent. Les partisans du premier affirment qu'il vaut mieux réviser la veille au soir de son examen, car on continue à « apprendre en dormant ». Les membres du second camp, au contraire, ne jurent que par les révisions de dernière minute, le matin même de l'examen, afin d'avoir des « souvenirs frais ».

On vous donne la réponse définitive : il vaut mieux réviser la veille ! Cela a été prouvé lors d'une étude sur les différentes zones du cerveau impliquées dans l'activité mentale. Vous le savez peut-être déjà, mais à chaque activité (lecture, discussion, calcul...) correspond l'activation d'une ou plusieurs régions du cerveau associées.

Des chercheurs ont utilisé une machine de tomographie à émissions de positrons pour observer l'activité cérébrale de plusieurs sujets. Ils se sont rendu compte avec étonnement que durant la nuit, les zones du cerveau associées à l'apprentissage continuaient à être activées.

Conclusion, notre esprit poursuit le processus de consolidation des acquis durant le sommeil. Alors pas la peine de vous lever aux aurores le matin de votre examen pour une révision de dernière minute : mieux vaut se coucher tard la veille !

– Je suis en train de lire que Brigitte Bardot a des problèmes avec la justice !
– Ah oui ? Pourquoi ?
– Elle voulait prendre la défense des éléphants !

Deux potes, Théo et Yoann discutent de positions sexuelles :

– Et le sexe à la rodéo, t'as essayé ?

– À la rodéo ? C'est comment ?

– Tu te mets sur ta femme, tu la pénètres et tu lui dis à l'oreille : « Tu sens aussi bon que ma secrétaire… »

– Et ensuite ?

– Ensuite, tu essaies de rester cinq secondes dessus…

3 potes décèdent dans un accident de la route. Ils arrivent au ciel, et là, saint Pierre leur dit :

– En bas, on va vous enterrer dans quelques jours. Lorsque vos amis et parents seront réunis autour de votre cercueil, qu'espérez-vous les entendre dire ?

Le premier répond :

– J'aimerais les entendre dire que j'ai été un très grand chirurgien et un père de famille exemplaire.

Le second parle à son tour :

– J'aimerais qu'ils disent que j'ai été un professeur de faculté exceptionnel et un époux extraordinaire.

Et le troisième dit :

– Eh bien moi, je préférerais les entendre dire : « Regardez ! Mais c'est un miracle, il bouge ! Et s'il bouge, c'est qu'il n'est pas mort ! »

MOTS MÊLÉS

Jazzmans

Saurez-vous retrouver chacun des mots cachés dans ce tableau ?

Les mots peuvent être écrits horizontalement, verticalement, en diagonale ou à l'envers.

Mots à trouver :

1) ARMSTRONG
2) BASIE
3) BECHET
4) COLEMAN
5) COLTRANE
6) DAVIS
7) ELLINGTON
8) EVANS
9) FITZGERALD
10) GETZ
11) HANCOCK
12) JAMAL
13) JARRETT
14) MINGUS
15) MONK
16) PARKER
17) PASTORIUS
18) PETERSON
19) REINHARDT
20) ROLLINS

JEUX

Z	E	T	X	F	I	T	Z	G	E	R	A	L	D	S	N	J	Z	L	W
I	R	A	F	J	S	E	F	A	S	Z	N	M	U	Y	O	A	X	B	I
P	W	R	E	I	N	H	A	R	D	T	X	G	B	K	T	R	M	U	R
C	A	F	D	A	C	C	C	Z	R	K	N	V	C	G	G	R	R	M	A
E	J	R	L	Z	N	E	U	C	C	I	A	I	E	P	N	E	G	O	Y
M	V	M	K	A	D	B	Z	A	M	V	H	U	Z	K	I	T	G	Q	E
O	E	D	U	E	M	B	N	T	C	A	B	M	A	P	L	T	N	N	H
N	X	Y	D	V	R	A	M	X	N	C	M	A	G	L	L	F	A	T	H
K	M	D	A	V	I	S	J	C	F	D	Z	C	S	A	E	R	M	H	H
K	M	Z	K	E	T	B	O	O	I	S	Z	T	N	I	T	I	E	V	F
G	L	L	R	I	S	C	U	N	U	M	Z	Q	E	L	E	S	L	O	U
A	N	L	E	O	K	S	N	I	L	L	O	R	O	G	M	U	O	K	S
X	W	O	N	J	L	V	R	I	E	B	I	C	C	F	A	E	C	E	Z
W	L	V	R	S	X	O	L	B	Q	C	N	Q	U	T	A	Z	V	S	Q
V	U	Y	W	T	T	R	N	I	H	S	S	N	H	Y	U	A	H	S	S
G	N	I	R	S	S	P	M	Z	O	R	V	X	P	F	N	P	V	B	X
Q	V	R	A	O	I	M	P	N	Q	W	K	G	V	S	G	S	Q	N	I
C	V	P	H	X	S	M	R	D	H	O	N	F	O	T	D	N	K	V	X
O	L	D	Y	J	A	R	X	A	N	O	S	R	E	T	E	P	B	G	Q
P	L	A	F	K	H	B	U	H	X	C	R	W	Q	Y	Y	T	X	P	Z

Solution page 608

JEUX

SUDOKU

FACILE

	8		4	3				
7						6		
4		2			5	8		
5	2					9		
		8	1	5	9	2		
		9					4	5
		7	2			1		9
		4						6
				8	3		7	

Solution page 614

Le kakou Kevin dit à sa cagole Jessica :

– Je viens de lire dans le journal qu'un pizzaïolo s'est fait voler sa recette.

– Eh ben, dis donc ! Pour qu'on lui vole sa recette, ses pizzas doivent être vachement bonnes !

Le saviez-vous ?

Pourquoi fait-on des « poissons d'avril » le 1er du mois ?

« Poisson d'avril ! » Une coutume qui amuse beaucoup de gens… et en agace de nombreux autres ! Mais au fait, d'où vient l'habitude de faire des blagues et de coller un poisson dans le dos de ses victimes chaque 1er avril ? Impossible d'en être sûr, on ne peut faire que des conjectures… Voici toutefois les hypothèses les plus probables d'après les historiens.

1. Lors de l'équinoxe du printemps, une journée était consacrée au dieu du rire (Momos en grec ou Momus en latin) durant l'Antiquité. Un peu comme lors d'un carnaval, on faisait la fête et on s'amusait à échanger les rôles et les positions sociales. Cette tradition aurait été transmise par l'intermédiaire du calendrier latin et serait parvenue jusqu'à nous.

2. Le 1er avril représente le dernier jour du carême, où les chrétiens sont invités à manger du poisson. Certes, on ne voit pas là le rapport avec les blagues.

3. Autre similitude avec le poisson : certains affirment que le mois d'avril était traditionnellement celui de l'interdiction de la pêche, car c'était la saison de reproduction des poissons. D'autres soutiennent au contraire qu'il s'agissait du mois privilégié pour la pêche au maquereau.

4. Enfin, la dernière hypothèse la plus connue est celle du changement de calendrier. En 1564, le roi Charles IX aurait décidé que le premier jour de l'année ne serait plus le 1er avril, mais le 1er janvier. Ceux qui refusaient obstinément de changer de calendrier continuèrent à s'offrir leurs étrennes du Nouvel An le 1er avril, ce qui ne manqua pas, à la longue, de provoquer les plaisanteries de leurs concitoyens.

Même si toutes ces théories sont passionnantes, il est vrai qu'il est difficile de trouver un lien direct entre les blagues et le poisson d'avril !

Au tribunal, un condamné dit au juge :

– Quoi ? 10 ans de prison ? Mais, monsieur le juge, j'ai 86 ans !

– Le tribunal ne vous demande pas l'impossible : vous ferez ce que vous pourrez.

« Moi je t'offrirai des perles de pluie. »
– Laisse tomber, je frise…

COMMENT UNE CAGOLE SE FAIT-ELLE UNE RAIE AU MILIEU ?

EN FAISANT LE GRAND ÉCART !

Poutine s'étonne auprès du chef de ses services :

– Je pensais que les timbres à mon effigie feraient fureur, mais on me dit que personne n'en veut parce qu'ils ne collent pas sur les enveloppes ! Sabotage ???

– Non, monsieur le président, mais, s'ils ne collent pas, c'est que les gens crachent du mauvais côté !

Le saviez-vous ?

D'où vient le nom du tennis ?

« Tenez ! » Non, ce n'est pas une blague, c'est vraiment l'origine du mot « tennis ». Un peu d'histoire vous permettra de mieux comprendre…

C'est en France, durant le XIIe siècle, qu'apparaît le jeu de paume. Cet ancêtre du tennis se joue à deux : le premier joueur lance la balle qui rebondit contre un mur et doit être rattrapée par le second joueur. On l'appelle « jeu de paume » tout simplement, car on frappe dans la balle du plat de la main.

Au XVIe siècle, ce jeu devient de plus en plus populaire et fait sensation dans la capitale. Importé en Angleterre, il rencontre le même succès. Au fil des années, le jeu de paume est amélioré : le mur disparaît et laisse place à un filet entre les deux joueurs, tandis que ces derniers se dotent de raquettes afin de protéger leurs mains soumises à rude épreuve.

Au moment de servir, il était d'usage de crier « Tenez ! » à son adversaire, ou plutôt « Ténèts ! » en vieux français. Petit à petit, « tenez » s'est transformé en « tennis » dans la bouche des anglophones, particulièrement friands de ce sport.

QUIZ

Lequel de ces animaux est méliphage ?

a. L'ours
b. Le castor
c. Le hibou
d. La belette

Solution : a.

Superman rencontre Batman et lui dit :

– Tu ne devineras jamais ce qui m'est arrivé hier !

– Vas-y raconte…

– Eh bien, je volais tranquillement au-dessus de New York, lorsque, tout à coup, j'aperçois sur le toit d'un gratte-ciel de la 5e Avenue Superwoman à poil, allongée sur le dos et les jambes ouvertes ! Du coup, mon sang n'a fait qu'un tour et je suis descendu doucement pour ne pas l'effrayer tout en préparant mon instrument.

– Et ?

– Et d'un coup, j'ai foncé !

– Chapeau mon vieux. Mais elle a dû hurler ?

– Elle, non. Mais l'homme invisible, je te raconte pas !

JEUX

MOTS CROISÉS

HORIZONTALEMENT

1. Commune française en région Provence-Alpes-Côte d'Azur
2. Habitante de la région reliant le nord du Soudan au sud de l'Égypte
3. Calcium – Fermium
4. Engravai
5. Le het et le youd signifiant « vivant » en hébreu
6. Localité balnéaire italienne – Tantale
7. Ce qui forme le dessin d'une dentelle
8. Brusque

VERTICALEMENT

I. Amplificateur
II. Monnaie chinoise – Commune française du département de la Haute-Garonne, en région Occitanie
III. Rubidium – Anciennes monnaies de la Guinée
IV. Soulagea – Institut d'informatique d'entreprises
V. Germanium – Bohrium – Actinium
VI. Adjectif numéral – Note de musique
VII. Couvrir le faîte d'un toit avec du plomb
VIII. Demi – Arsenic

JEUX

	I	II	III	IV	V	VI	VII	VIII
1								
2								
3			■		■	■		
4								
5		■		■				■
6					■	■		
7								
8		■				■		■

Solution page 617

Sur un terrain de golf, une femme vient voir le préposé à l'accueil et lui demande :

– Je me suis blessée. Avez-vous un pansement adhésif ?

– Où vous êtes-vous blessée, madame ?

– Entre le premier et le deuxième trou !

– Vous savez, madame, à cet endroit, je ne pense pas que le pansement va tenir !

SI TU PERDS
TA VALISE À DUBAÏ,
ON PEUT DIRE QUE T'ES
À BOUT D'HABITS ?

SI LES SPORTIFS
PRÉFÈRENT LES TENUES
EN COTON, C'EST PARCE
QUE LES MAILLOTS
AU LIN PIQUENT ?

Un couple formé sur Tinder est-il voué à l'échec ?

À l'ère 2.0, les applis de rencontre sont le nouveau terrain de jeu des célibataires. Chacun(e) a ses raisons pour s'y inscrire, que ce soit pour rencontrer l'amour ou pour une histoire d'un soir. Cependant, il faut bien avouer que ces applications souffrent d'une mauvaise réputation… pourtant infondée ! Selon une étude de l'université de Genève, les couples qui se créent sur Tinder et consorts sont tout aussi sérieux que ceux formés « dans la vraie vie ». Les chercheurs ont interrogé un panel de jeunes femmes et de jeunes hommes recherchant un(e) partenaire, afin d'identifier leurs motivations. Ils ont été surpris de constater que les personnes inscrites sur des applications de rencontre manifestaient encore plus la volonté d'emménager et d'avoir un enfant avec son/sa futur(e) conjoint(e). De quoi rabattre le caquet de vos parents la prochaine fois qu'ils vous reprocheront de perdre votre temps sur Tinder.

QUELLE EST
LA COULEUR
PRÉFÉRÉE
D'UN CHAT ?

LE RRRRRROUGE.

Charade

Mon **premier** est **DANSANT**,

Mon **deuxième** est **OBSTINÉ**,

Mon **troisième** met

FIN DU JOUR,

Mon **tout** est **SUSPENDU**.

Solution : Balançoire [Bal-Âne-Soir]

Quand tu penses qu'il
n'y a plus aucun espoir,
pense aux homards
qui se trouvaient
dans l'aquarium du
restaurant du Titanic !

QUI EST L'INTRUS ?

LE CORBEAU ET LE RENARD

LE LOUP ET L'AGNEAU

L'ÂNE ET LE COQ

LA CIGALE ET LA FOURMI

LE LIÈVRE ET LA TORTUE

LE LION ET LE RAT

LE RENARD ET LA CIGOGNE

LE CHÊNE ET LE ROSEAU

Solution : L'intrus est L'Âne et le Coq. Cette fable n'existe pas, contrairement aux autres qui ont été écrites par Jean de La Fontaine.

ENTRE 11 H ET MIDI
C'EST APÉRO !!!

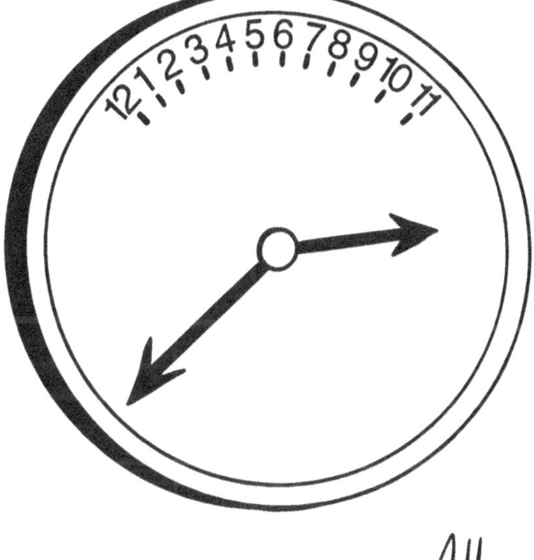

J'ai remarqué que quand je portais des Converse, les filles venaient converser avec moi. Du coup, je viens d'acheter des Nike.

LABYRINTHE

FACILE

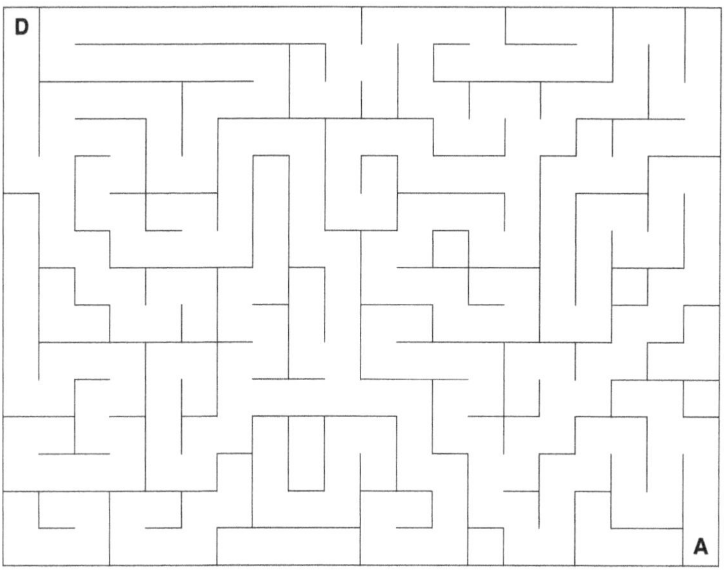

Gérard sort totalement bouleversé d'une exposition Picasso au Grand Palais.

Il dit à sa femme :

– Chérie, est-ce que je peux te glisser un mot dans l'œil ?

JEUX

SUDOKU

MOYEN

			9	2				7
	6					3		
9				8			1	
2			8			4	5	
4	5						3	9
	9	7			5			2
	1			5				3
		5					7	
7				6	9			

Solution page 614

Elle préfère les sites de Bologne aux mines de Pompéi.

ELLE PRÉFÈRE LES BITES DE SOLOGNE AUX BITES DE MON PAYS.

CARRÉ MAGIQUE

FACILE

Obtenez la somme de **42** sur toutes les lignes horizontales et verticales !

3	14		10
17			12
	11	18	
		4	13

Solution page 603

Dans la vie, il y a des choses qui font consensus, et d'autres qui font qu'on s'en branle.

Pourquoi le bruit de la craie sur un tableau est-il difficilement supportable ?

Cauchemar des élèves, le crissement de la craie blanche sur un tableau noir est souvent décrit comme un des pires sons audibles. Si ce bruit paraît aussi insupportable, c'est parce qu'il est produit à haute fréquence. Les sons situés dans des fréquences entre 2 000 et 20 000 hertz sont considérés comme aigus. Même si l'oreille humaine peut capter des sons entre 20 et 20 000 hertz, elle est particulièrement performante pour percevoir ceux qui sont produits aux environs de 3 500 hertz. La raison à cela ? Les bruits aigus sont considérés par notre cerveau comme des signaux d'alerte. Les cris et les pleurs d'un bébé attirent donc immédiatement notre attention, nous incitant à réagir vite pour faire cesser la menace ou gérer l'urgence. Mais la nature n'avait pas prévu que nous inventerions craie blanche, perceuse électrique ou freins de voiture !

Un médecin explique à son patient :

– Il existe trois avantages à avoir la maladie d'Alzheimer. La première, c'est que vous pouvez chercher les œufs de Pâques que vous avez vous-même cachés !

La deuxième, c'est que vous aurez l'impression de rencontrer de nouvelles personnes tous les jours. La troisième, c'est que vous pouvez chercher les œufs de Pâques que vous avez vous-même cachés…

QUEL EST
LE POINT COMMUN
ENTRE UNE CAGOLE
MARSEILLAISE ET UNE
MOBYLETTE ?

C'EST MARRANT À
MONTER MAIS C'EST
LA HONTE DEVANT
LES POTES !

Deux vampires lesbiennes se quittent :

– À dans vingt-huit jours !, se promettent-elles en pleurant à chaudes larmes.

Je n'aime pas
les insinuations,
si vous voyez ce que
je veux dire.

En Israël, on dit qu'il vaut mieux s'asseoir sur la berge du ravin.

EN ISRAËL, ON DIT QU'IL VAUT MIEUX S'ASSEOIR SUR LA VERGE DU RABBIN.

« Si tu vois le verre
à moitié vide, verse-le
dans un verre plus petit
et arrête de nous
emmerder ! »

MOTS MÊLÉS

Fleuves

Saurez-vous retrouver chacun des mots cachés dans ce tableau ?

Les mots peuvent être écrits horizontalement, verticalement, en diagonale ou à l'envers.

Mots à trouver :

1) ADOUR	2) AUDE
3) AULNE	4) BLAVET
5) DORDOGNE	6) ELORN
7) ESCAUT	8) GARONNE
9) LOIRE	10) MEUSE
11) ORB	12) ORNE
13) RANCE	14) RHIN
15) RHONE	16) SEINE
17) SEVRE	18) SOMME
19) TET	20) VIDOURLE
21) VILAINE	22) YSER

JEUX

O	O	G	X	R	L	H	U	K	A	V	W	X	Y	L	E	T	Z	Z	I
I	O	D	J	O	E	Y	Z	V	D	D	U	M	W	S	S	U	J	K	X
M	V	K	I	M	C	N	J	D	O	N	R	L	C	G	X	J	I	E	P
V	G	R	I	V	G	Q	O	C	U	E	M	A	W	K	S	B	P	A	A
D	E	K	I	T	P	D	H	H	R	T	U	P	Y	G	B	V	H	B	H
E	E	F	S	P	Q	J	E	P	R	T	Q	C	Q	S	E	P	F	O	Q
L	S	X	P	Q	Z	W	Q	J	M	E	X	I	X	A	B	B	R	B	T
O	U	B	Z	Y	E	N	S	Z	R	N	G	H	L	S	O	C	U	T	C
R	E	X	F	Y	F	D	F	H	X	R	C	A	T	U	S	E	I	N	E
N	M	S	E	V	R	E	U	W	U	O	R	E	R	O	K	J	B	G	S
F	Y	E	T	A	P	V	D	A	K	E	P	E	Q	O	E	Q	R	L	Y
X	V	V	N	B	G	D	N	R	P	I	A	J	Y	M	N	V	O	E	B
B	Y	M	G	I	R	Z	Q	H	X	T	A	M	M	Q	I	N	N	H	A
I	M	P	V	D	A	T	F	T	J	D	Y	O	P	D	H	L	E	O	Q
K	Q	N	I	H	R	L	E	O	N	R	S	N	O	N	U	G	S	H	D
G	Z	R	B	B	S	V	I	T	E	T	A	U	M	A	Z	W	Y	P	I
B	A	I	O	X	A	X	C	V	A	Q	R	N	C	D	B	E	M	O	H
D	J	W	C	L	Q	T	I	B	G	L	H	J	C	D	R	R	E	S	Y
U	P	S	B	T	Z	F	N	Q	E	U	I	T	O	E	Z	Y	I	B	A
E	N	G	O	D	R	O	D	C	B	D	X	W	W	J	E	J	B	V	D

Solution page 609

Le saviez-vous ?

Cinq anecdotes à connaître sur les Vikings !

Même si vous avez suivi avec passion la série télévisée Vikings, il est certain que vous ne savez pas tout sur ce fier peuple du nord de l'Europe, naviguant sur les mers entre 793 et 1066 de notre ère. Voici quelques faits passionnants à découvrir sur les Vikings :

1. Les Vikings n'étaient pas des rustres, au contraire ! Loin d'être dépenaillés et hirsutes, ces navigateurs et leurs compagnes accordaient une grande importance à leur apparence. Les hommes se peignaient et taillaient leur barbe, alors que les femmes se paraient de superbes bijoux. Chose rare à l'époque : ils changeaient de vêtements tous les jours et prenaient un bain une fois par semaine.

2. Féministe avant l'heure, le peuple des Vikings estimait que les femmes avaient le droit de choisir leur époux et de refuser le candidat au mariage qui ne leur plaisait pas. De plus, elles étaient libres de divorcer et de repartir avec leur dot si l'union ne les satisfaisait plus.

3. Les Vikings consommaient du cannabis ! Grands commerçants, ils arpentaient les mers et exploraient régulièrement de nouvelles contrées, faisant preuve d'une grande curiosité. Ainsi, ils auraient découvert l'usage médicinal et récréatif du cannabis lors d'une de leurs excursions. On peut observer au musée d'Oslo (Norvège) un petit sachet en cuir contenant cette drogue, retrouvé dans un bateau-tombe.

4. Le mot « viking » provient du vieux scandinave vik qui signifiait « baie ». À l'époque, il signifiait plus largement le fait de parcourir en bateau les baies et mers du monde afin de se livrer à des activités de piraterie et d'exploration. Il a fini par désigner la personne s'adonnant à ces pratiques, puis le peuple tout entier.

5. Tout comme les Incas, les Vikings commettaient des sacrifices humains. Des chercheurs en ont trouvé la preuve sur des sites archéologiques, ainsi que dans des textes religieux anciens. Toutefois, des sacrifices n'ont pas été pratiqués dans toutes les régions ni à toutes les périodes de l'histoire des Vikings.

QUEL EST LE FANTASME D'UNE PANTHÈRE ?

AVOIR UN STRING EN PEAU DE PUTE.

De jeunes soldats, nus comme des vers, sont examinés par un médecin. L'un d'eux, pourvu d'un sexe minuscule, est appelé, provoquant l'hilarité générale. Il se retourne, furieux :

– Ben quoi ??? On n'a plus le droit de bander ?

Le chirurgien entre, après l'opération, dans la chambre d'hôpital de Gérard :

– Heu… Ben voilà… Nous vous avons accidentellement amputé le pénis…

– QUOI ???!!!

– Calmez-vous madame…

Vendredi : Black Friday
Lundi : Cyber Monday
Mardi : Découvert Tuesday
Mercredi : Agios Wednesday
Jeudi : Huissier Thursday

LESSIVE À 45°

Vrai ou faux ?

Les mille-pattes ont mille pattes

Vrai et faux.
La plupart des myriapodes (leur petit nom scientifique) possèdent 750 pattes ou moins. Des chercheurs américains ont même récemment découvert un spécimen australien muni de 1 306 pattes ! Il existe bel et bien un vrai mille-pattes sur Terre, qui a été nommé l'eumillipes persephone.

Roland va chez son médecin :
– Docteur, prescrivez-moi des somnifères puissants ! Je n'arrive pas à dormir avec ceux que vous m'avez prescrits la dernière fois.
– Bon, je vais vous donner ce qu'il y a de plus fort. Mais ce sont des suppositoires. Cela ne vous gêne pas j'espère ?
– Pas du tout docteur. Merci beaucoup et au revoir !
Le lendemain, Roland revient voir le médecin :
– Heu… dites-moi docteur… vous n'auriez pas quelque chose d'un peu moins fort ? Parce qu'hier, je me suis endormi avec le doigt dans le trou du cul quand même !

QUE DIT UN BÉBÉ-ÉPROUVETTE À SON PÈRE ?

SALUT BRANLEUR !

- Une baleine produit **970 litres** d'urine par jour.
- Le cerveau produit une énergie équivalente à **20 watts** : c'est moins qu'une ampoule électrique.
- Une vache produit en moyenne **52 kilos** de bouse par jour.
- Le règne de Louis XIX n'aura duré que **20 minutes**.
- **40 000 monuments** aux morts de la Première Guerre mondiale existent en France, en hommage au **1,3 million** de soldats décédés.
- **64** positions sexuelles sont décrites dans le Kamasutra originel.

JEUX

SUDOKU

DIFFICILE

3	5				4			
6					2	5	1	4
		9						
		4		9	7			
9				1				8
			5	4		2		
						6		
8	6	2	4					3
			1				8	7

Solution page 614

QUIZ

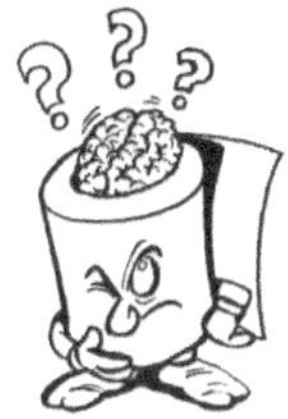

En quelle année a été créée l'entreprise Apple ?

a. 1976
b. 1977
c. 1978
d. 1979
e. 1980
f. 1981

Solution : a. Steve Jobs est le fondateur de la célèbre entreprise Apple.

JEUX

MOTS CROISÉS

HORIZONTALEMENT

1. Ghetto noir à la périphérie des grandes villes d'Afrique du Sud
2. Ville japonaise – Commune française située dans le sud-ouest du département de la Haute-Garonne
3. Poète et écrivain norvégien – Zinc
4. Radon – Manière de faire
5. Technétium
6. Genre de sauriens de la famille des Iguanidae
7. Ancienne division administrative de l'Empire ottoman
8. Neptunium – Einsteinium – Pronom indéfini

VERTICALEMENT

I. Dernier étage appartenant au Lias supérieur
II. Commune française du département de l'Ain en région Auvergne-Rhône-Alpes – Romancière française
III. Dialecte chinois parlé au Jiangsu – Assassins
IV. Lieu d'arrêt
V. Bruit plaisant – Apparus
VI. Holmium – Commune française du département d'Eure-et-Loir, en région Centre-Val de Loire
VII. Zirconium
VIII. Vêtement

JEUX

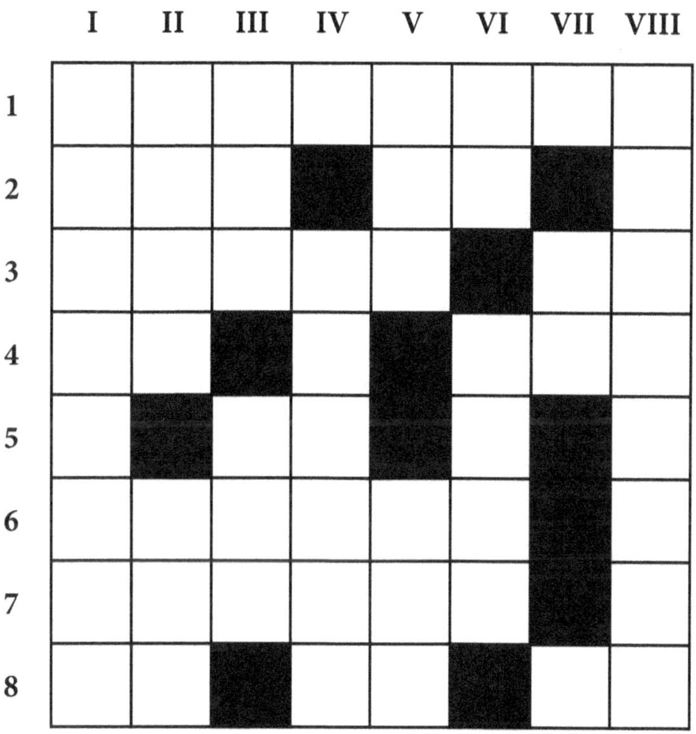

Solution page 617

QUI EST L'INTRUS ?

GARÇON À LA PIPE

LA CÈNE

LE BAPTÊME DU CHRIST

SALVADOR MUNDI

SAINT JEAN-BAPTISTE

LA MADONE À L'ŒILLET

PORTRAIT DE MUSICIEN

LA JOCONDE

Solution : L'intrus est Garçon à la pipe. Cette œuvre est de Pablo Picasso, toutes les autres de Léonard de Vinci.

CARRÉ MAGIQUE

MOYEN

Obtenez la somme de **129** sur toutes les lignes horizontales et verticales !

32		10	23		28
7	39	6			24
	31	8	30	22	
39	4	35	21	13	
34			16	20	15
	36	37		18	19

Solution page 603

Notre nez s'allonge quand on ment

Faux, évidemment.
Ce n'est le cas que pour Pinocchio.
Malgré tout, une étude espagnole
menée par des physiciens a démontré
que les menteurs avaient le nez... qui chauffe.
Lorsqu'on fait l'effort de se remémorer des
souvenirs, le cortex insulaire dans notre cerveau
se réchauffe, provoquant le refroidissement
des différentes parties de notre visage.
Lorsqu'on raconte des bobards, le processus
inverse se produit.

QUIZ

En quelle année Christophe Colomb a-t-il découvert l'Amérique ?

a. 1456
b. 1475
c. 1492
d. 1512
e. 1532
f. 1488

Solution : c.

Arrête ton char et goûte ma datte.

ARRÊTE TON DARD ET GOÛTE MA CHATTE.

Le saviez-vous ?

- Morphée n'est pas une femme, mais un homme ! Plus précisément le dieu des rêves, fils d'Hypnos, dieu du sommeil et de Nyx, déesse de la nuit. Il est représenté dans la mythologie grecque sous les traits d'un jeune éphèbe tenant d'une main des pavots soporifiques et de l'autre un miroir.
- Avez-vous vu le film Inception de Christopher Nolan, sorti en 2010 ? On vous parie que vous n'aviez pas remarqué que les initiales des personnages principaux forment le mot « DREAMS »...
- La chaîne de télévision Canal + devait à l'origine s'appeler Canal 4. Le sort en a décidé autrement à cause d'une simple erreur d'impression sur le dossier de présentation du projet.

Quand Chuck Norris participe à un rassemblement de féministes, il revient avec sa chemise repassée et un sandwich.

POURQUOI TANT DE POISSONS VIVENT-ILS DANS L'EAU SALÉE ?

PARCE QUE L'EAU POIVRÉE LES FERAIT ÉTERNUER !

LABYRINTHE

MOYEN

« IL FAIT FROID, METS TA PARKA »

La parka ressemble à un vêtement chaud utilisé par les mères inuites. Pour préserver leur bébé du froid glacial, elles ont inventé une veste avec une poche sous la capuche pour transporter le nourrisson. Un autre dispositif ingénieux leur permet de faire passer l'enfant devant pour l'allaiter sans avoir à le sortir de la veste.

« JE T'ATTENDS DEPUIS DES LUSTRES »

Dans l'Antiquité, le « **lustre** » était un recensement accompagné d'un sacrifice expiatoire qui avait lieu tous les cinq ans. Peu à peu, cela devient une unité de temps à part entière pour désigner une période de cinq ans. Aujourd'hui, « ***cela fait des lustres*** » signifie que cela fait très longtemps.

Je ne sais pas
pour vous mais,
personnellement,
pour faire tomber
une fille en mettant
du Axe, il faut que
je vise les yeux.

Charade

Mon **premier** **COUPE**,

Mon **deuxième** est **THAÏ**,

Mon **troisième** est **VITAL**,

Mon **tout** **ILLUMINE**.

Solution : Lampadaire [Lame-Pad-Air]

Une araignée blagueuse se cache et surgit tout à coup devant une autre araignée en criant :

– BOUHHH !!!

– Très drôle ! Je me suis tissée dessus !

ÉJACULATEUR PRÉCOCE

JEUX

MOTS CROISÉS

HORIZONTALEMENT

1. Force brutale
2. Pourvues d'un crochet
3. Lutécium – Radon
4. Clairière en anglais
5. Commune française en Corse – Congélation
6. Institut national de l'audiovisuel – Expression de l'unité
7. Qui a la forêt pour lieu habituel de vie
8. Palmier

VERTICALEMENT

I. Papillons de couleur noire
II. Composé voisin de l'amidon
III. Ondes courtes – Galvanisa
IV. Astiqua – Métal précieux
V. Pronom adverbial – Espèce sauvage de taureaux disparue
VI. Commune française du département de la Vienne en région Nouvelle-Aquitaine
VII. Centième partie du dollar
VIII. Einsteinium – Colle

	I	II	III	IV	V	VI	VII	VIII
1								
2								
3			■		■			■
4								
5					■			
6				■			■	
7								■
8		■					■	

Solution page 617

Humour

C'est le petit Gaspar qui rentre chez lui, et qui va voir son papa.

– J'ai parlé de toi dans ma rédaction, papa…

– Ah bon ? Quel en était le sujet ?

– Ben, on nous demandait qui était notre héros, notre modèle dans la vie quoi…

– Et qu'as-tu dit ?

– Que tu es fort, beau, intelligent, gentil…

Le papa vraiment très fier de lui :

– Vraiment ? Je ne savais pas que je comptais tellement pour toi…

– C'est pas ça, c'est juste que je savais pas écrire Arnold Schaerwzeniger, heu… Shiaerzeneggaer… schwartzinaegger…

C'est prouvé : les êtres humains partagent 99,9 % de leurs gènes !

Si la couleur des yeux, des cheveux et de la peau diffère selon chaque individu, notamment selon son origine ethnique, quasiment tout le reste est similaire. N'en déplaise à certains polémistes, c'est la science qui le dit : nous sommes tous génétiquement identiques à 99,9 % ! Une ressemblance rare dans la nature, si l'on compare le code génétique des êtres humains à celui des autres animaux. Parmi les trois milliards de composantes qui définissent notre génome, seuls trois millions d'entre elles peuvent varier selon l'individu. Parmi elles, seules quelques dizaines influent sur notre apparence physique. Une goutte d'eau dans l'océan…

Je reviens du
salon de l'aspirine.
Là-bas, c'était
l'effervescence...

JEUX

SUDOKU

FACILE

4			8	5		2		
	5			9	1	4	8	
1		7						
3	1	4	7				2	9
6	7				9	5	1	3
						3		5
	4	6	9	2			7	
		1		8	4			2

Solution page 615

Ma copine n'a
pas aimé ma blague.
J'ai mis un cube
de Knorr dans le tuyau
de la douche.
Ça fait une semaine
qu'elle sent le poulet !

POURQUOI LES CAGOLES SONT-ELLES TOUJOURS RECALÉES AU PERMIS DE CONDUIRE À MARSEILLE ?

PARCE QU'ELLES MONTENT DIRECTEMENT SUR LA BANQUETTE ARRIÈRE.

MOTS MÊLÉS

Prénoms commençant par la lettre N

Saurez-vous retrouver chacun des mots cachés dans ce tableau ?

Les mots peuvent être écrits horizontalement, verticalement, en diagonale ou à l'envers.

Mots à trouver :

1) NADEGE
2) NADIA
3) NADINE
4) NANA
5) NANCY
6) NAOMI
7) NATHAN
8) NELLY
9) NICOLAS
10) NICOLE
11) NIKITA
12) NINA
13) NOA
14) NOAM
15) NOE
16) NOELLE
17) NOLAN
18) NOLWENN
19) NOUR
20) NOURIYA

JEUX

J	Z	K	O	D	N	Q	T	U	S	W	N	X	X	J	C	C	N	A	K
H	S	C	X	A	D	X	D	L	P	Y	A	J	Y	Y	C	O	K	N	M
C	J	E	D	U	Q	Q	D	B	W	P	D	L	I	X	L	H	W	O	Z
U	A	E	A	K	V	Y	C	N	A	N	I	M	W	W	V	Z	Z	E	D
B	G	N	Z	K	C	I	C	N	S	B	N	A	E	I	Y	I	N	L	N
E	S	I	I	W	E	W	N	X	A	I	E	N	Y	L	F	A	R	L	J
R	Z	A	O	N	A	U	A	E	O	D	N	M	C	I	N	O	U	E	B
K	B	F	L	T	A	K	Q	O	G	S	I	O	G	A	R	K	L	L	G
F	P	I	I	O	Y	B	K	A	H	O	C	A	H	N	A	U	G	E	N
W	V	K	M	O	C	Q	Q	F	R	J	W	P	R	U	O	N	O	I	B
B	I	O	M	O	L	I	J	I	J	X	V	P	H	X	Y	E	E	N	M
N	O	A	T	Q	A	C	N	C	V	J	P	D	Y	G	I	P	P	V	U
F	O	V	U	S	G	N	R	A	N	T	Y	O	J	O	N	Y	S	L	B
N	X	B	B	U	Q	B	N	T	W	A	W	O	E	K	T	L	W	L	J
F	R	N	M	U	W	G	Z	A	C	Z	R	Z	P	V	Z	L	G	D	P
N	I	C	O	L	E	L	X	Y	J	L	N	O	L	A	N	E	J	G	W
H	X	Y	M	W	S	M	E	M	P	Q	J	A	G	B	Q	N	Q	L	Y
E	N	U	V	X	J	A	O	Z	L	V	N	A	H	T	A	N	B	M	I
O	A	C	M	A	T	O	S	M	A	C	V	W	A	R	C	C	Z	M	H
N	R	E	K	T	F	N	M	N	K	Q	F	K	S	O	M	S	U	G	P

Solution page 609

QUIZ

Quel grand félin peut-on trouver dans les massifs alpins de France ?

a. Le puma
b. Le lynx boréal
c. Le chaus
d. Le caracal
l. Le jaguar

Solution : b.

La vie n'est pas
un conte de fées…
Si tu perds ta
chaussure à minuit,
c'est que tu es
bourrée !

Le saviez-vous ?

Mourir le jour de son anniversaire ou à Noël… pas de chance, mais probable !

C'est censé être un des meilleurs jours de l'année, certes. Cependant, la fête peut rapidement tourner au drame… En effet, des chercheurs de l'Université de Chicago et de celle de Zurich ont révélé que nous avions 6,7 % de possibilités supplémentaires de mourir le jour de notre anniversaire. Âgé de plus de 60 ans ? Cette probabilité augmente jusqu'à atteindre 13,8 %.

De plus, l'Insee nous apprend que nous avons 9 % de possibilités supplémentaires de mourir en hiver. À titre d'exemple, en 2016, le 26 décembre était le jour de l'année le plus mortel.

En 2015, il s'agissait du 14 février et en 2014, du 7 janvier.

Même si les chercheurs n'ont pas donné de raison particulière à ces pics de mortalité, on se doute bien que le destin n'est pas le seul à devoir être blâmé. L'hiver est propice à la circulation des virus. De plus, en période de fêtes de fin d'année, les personnels des services médicaux sont souvent en sous-effectif, d'où parfois une prise en charge moins rapide.

Enfin, lors des jours festifs, on boit beaucoup plus d'alcool qu'à l'accoutumée et on est plus sujet à adopter des conduites à risque. Il n'y a qu'un pas vers l'infarctus ou l'accident de la route… Alors, soyez prudent pour continuer à fêter votre anniversaire encore longtemps !

Yoann entre dans une pharmacie :
– Bonjour m'sieur ! Je voudrais une pommade pour la bite… J'ai super mal à la bite !
Le pharmacien prend Yoann à part et lui explique :
– Écoutez jeune homme… Ne dites pas de gros mots comme ça, dans ma pharmacie, à voix haute. Vous pourriez choquer des personnes. La prochaine fois, dites que vous avez mal au bras et faites-moi un clin d'œil, je comprendrai.
– D'accord m'sieur !
Yoann prend sa pommade et revient quelques jours plus tard dans la pharmacie.
Le pharmacien le reconnaît et prend les devants :
– Alors ? Votre bras va mieux ?
– Oui, mon bras va beaucoup mieux ! dit Yoann en faisant un clin d'œil. Par contre, j'ai super mal aux couilles !

SI LES FEUX
DE L'AMOUR
ENGAGEAIENT UN
ACTEUR PRÉNOMMÉ
ALAIN, POURRAIT-ON
PRÉTENDRE QU'IL
JOUE DANS UN SOAP,
ALAIN ?

CELUI QUI A INVENTÉ
LA CIGARETTE,
SAVAIT-IL QU'IL
FERAIT UN TABAC ?

Mon mari s'est plaint
que ma vie tournait
autour de Facebook
et que ça avait détruit
la façon dont nous
communiquons
en famille.
Je l'ai bloqué.

Humour

Une baronne vient d'embaucher un nouveau valet de chambre et lui indique les habitudes de la maison :

– Nous prenons notre petit-déjeuner à 7 h chaque jour de la semaine et à 8 h le dimanche.

– Très bien madame, mais s'il m'arrive d'être en retard, ne m'attendez pas. Commencez sans moi !

LABYRINTHE

MOYEN

On n'est jamais assez fort pour ce calcul.

ON ÉJACULE ASSEZ FORT POUR SE CALMER.

IL PARAÎT QU'UNE BIÈRE PAR JOUR C'EST DÉJÀ DE L'ALCOOLISME !!!
QU'EST-CE QU'ILS...HIPS...DISENT POUR 15 PASTIS ?

Tony confie à son collègue de travail Marc :
– Je vais bientôt fêter mes 20 ans de mariage…
– C'est super les couples qui durent…
– Et ça fait 20 ans que j'aime la même femme !
– C'est formidable ça !
– Oui, mais c'est surtout très dangereux, si ma femme l'apprenait…

Le gendarme interpelle Gérald qui n'a pas respecté le feu tricolore en voiture :
– Et alors ? Que faites-vous du rouge, monsieur ?
– Ben… je le bois !

Le saviez-vous ?

- Le Népal est le seul État à ne pas posséder de drapeau rectangulaire ou carré. Le sien se compose de deux fanions superposés, l'un rouge et l'autre bleu.
- L'acteur Jackie Chan a joué dans plus de 122 films. Mais avant de se spécialiser dans les arts martiaux et les films d'action comiques, il a débuté… dans l'industrie du porno.
- Depuis les débuts de l'Eurovision, trois candidats ont chanté devant le jury dans une langue imaginaire. En 2003, le groupe belge Urban Trad atteint même la deuxième place de la compétition avec son titre Sanomi, chanté dans une langue de son invention.

Qu'est-ce qu'il y a de meilleur dans le lait maternel ? L'emballage !

Combien coûtent les feux d'artifice du 14 juillet ?

Nous, Français, sommes fiers de nos magnifiques feux d'artifice ! Chaque année, la fête nationale de la République française est célébrée par les plus belles gerbes de couleur dans le ciel. Mais, au fait, quel est le budget pour un feu d'artifice ? Si celui d'un village ne dépasse pas les **500** à **1 500 euros**, celui d'une ville monte rapidement jusqu'à **10 000 euros,** voire **25 000 euros** dans les localités touristiques. Un chiffre encore bien plus élevé pour les grandes villes de France.
Voici les **5 villes** qui dépensent le plus pour leur feu d'artifice du 14 juillet :

1. Paris : **750 000 euros.**
2. Marseille : **170 000 euros.**
3. Carcassonne : **123 000 euros.**
4. Montpellier : **108 000 euros.**
5. Toulouse : **96 000 euros.**

Deux chiens sont assis devant la porte d'un grand supermarché, sur laquelle il est écrit :
« Les chiens ne sont pas admis. »
– Qu'est-ce qu'on fait ? demande le labrador au berger allemand.
– Eh bien, on entre ! On n'est pas censés savoir lire !

Lucie pose une devinette
à son mari Norbert :
– Mon chéri, quel est le point
commun entre toi et tes trois
meilleurs copains ?
– J'sais pas…
– C'est moi…

Le saviez-vous ?

- La tortue serpentine à gorge blanche, originaire d'Australie, respire par l'anus. Elle filtre l'oxygène présent dans l'eau par son derrière : bien pratique pour rester cachée, à l'abri des prédateurs.
- Statistiquement, les garçons gros bébés auront plus de partenaires sexuels à l'âge adulte. La raison en est simple : ils produisent souvent plus de testostérone en grandissant.
- L'ongle du majeur pousse plus vite que celui des autres doigts : peut-être parce qu'il serait plus souvent soumis aux chocs, ce qui stimulerait sa croissance.
- Le gros orteil s'appelle l'hallux. Vous avez peut-être déjà entendu ce mot dans la pathologie « hallux valgus », qui désigne un gros orteil tourné en dehors.

JEUX

SUDOKU

MOYEN

				3	6			5
3	7		2				9	
		2	5				8	
	6				2	1		
	9	7				4	6	
		8	6				3	
	4				5	9		
	3				4		5	1
7			9	2				

Solution page 615

Que disent
Dominique Strauss-Kahn
et Bill Clinton quand
ils remarquent une tache
sur leur costume ?

Nom d'une pipe !

Pourquoi votre mère persiste-t-elle à vous appeler par le prénom de votre sœur ?

« Marie ! Non, Pauline ! Non, Sarah ! » Cette rengaine vous est probablement familière si vous possédez une grande fratrie. Même dans le cas contraire, il est déjà arrivé à presque tout le monde de se tromper de prénom en souhaitant s'adresser à un de ses proches. Selon une étude publiée dans la revue *Memory & Cognition*, il s'agit d'un dysfonctionnement cognitif normal, lié à la manière dont notre cerveau catégorise les prénoms. En effet, votre esprit aura tendance à regrouper les êtres dans un même « dossier » : famille ou amis par exemple. Au moment de vous appeler, votre mère pioche dans son dossier « famille », alors même qu'elle n'est pas très concentrée. Voilà pourquoi elle est plus susceptible de se tromper en employant le prénom d'un autre membre de la famille… ou même celui du chien ! Finalement, ce n'est rien d'autre qu'une preuve d'amour.

LABYRINTHE

DIFFICILE

À l'aéroport, Moshé est contrôlé par la douane :

– Où allez-vous ?

– Je vais à Rome, en voyage de noces.

– Et vous y allez seul ?

– Ma femme connaît déjà…

- « M. Méthane », un Britannique vêtu d'un costume de super-héros et souhaitant garder l'anonymat, a battu le record du pet le plus long : **59 secondes**.
- On projette **40 000 microgouttelettes** dans l'air à une vitesse de **300 km/heure** lorsqu'on éternue ! Quant à la toux, elle permet d'expectorer **3 000** gouttelettes à **80 km/h**. On comprend mieux les consignes anti-Covid...
- En 1969, les astronautes Neil Armstrong et Buzz Aldrin ont utilisé **100 miroirs** pour calculer la distance Terre-Lune (**384 403 kilomètres**). Des faisceaux laser envoyés depuis la Terre leur ont permis de mesurer combien de temps la lumière mettait pour leur parvenir.

Mon fils vient de casser
le verre Amora Star Wars
que j'ai depuis 1978.
Du coup, je le recolle.
Ça va avec quoi
déjà le fémur ?

Ah, beaux-arts, quel mythe !

AH, MOZART, QUELLE BITE !

QU'EST-CE QU'UNE FEMME DE 70 ANS A DE PLUS ENTRE LES SEINS QU'UNE FEMME DE 20 ANS ?

LE NOMBRIL.

QUI EST L'INTRUS ?

LE MACHAON

LE CITRON

L'ÉPEIRE DIADÈME

LA PETITE TORTUE

LA GRANDE TORTUE

LE PAON DU JOUR

LE MORO-SPHINX

LA PIÉRIDE BLANCHE

Solution : L'intrus est l'épeire diadème. C'est une araignée tandis que les autres sont des papillons.

Deux cagoles sur le vieux-port, Kimberley et Sofia, ont entendu parler à la radio de la loi de la gravité.

– Sofia, tu as compris ce que c'était ?

– Oui, oui Kimberley ! Mais ce que je ne sais pas c'est comment les gens tenaient debout avant que la loi ne soit votée ?

QUIZ

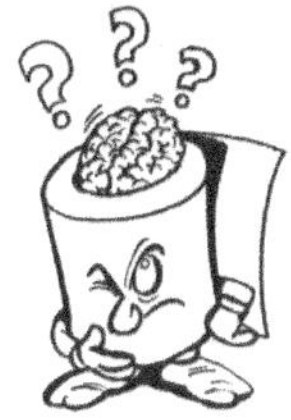

Quelle science consiste à étudier les pierres précieuses ?

a. La minéralogie
b. La cristallogie
c. La géologie
d. La gemmologie

Solution : d.

On m'a conseillé une voyante qui lit dans les boules, mais je suis trop pudique.

BURPS!
A ROTÉ

Vrai ou faux ?

Un nouveau-né doit crier en venant au monde

Faux.
En sortant du ventre de sa mère, le bébé doit immédiatement apprendre à respirer. Un réflexe déclenche l'ouverture de sa glotte et sa première inspiration. Si la glotte est encore partiellement fermée, la première expiration du nouveau-né produira un son puissant : son premier cri ! Ce n'est donc pas systématique, et surtout pas du tout une source d'inquiétude, si le nourrisson reste silencieux.

– Docteur, je voudrais que vous me donniez quelque chose pour que mon copain soit monté comme un taureau !
– Eh bien, déshabillez-vous. Nous allons commencer par les cornes…

JEUX

MOTS MÊLÉS

Peintres

Saurez-vous retrouver chacun des mots cachés dans ce tableau ?

Les mots peuvent être écrits horizontalement, verticalement, en diagonale ou à l'envers.

Mots à trouver :

1) BOTTICELLI
2) CEZANNE
3) COURBET
4) DALI
5) DEGAS
6) DELACROIX
7) DEVINCI
8) GAUGUIN
9) KLEE
10) KLIMT
11) MANET
12) MODIGLIANI
13) MONET
14) MUNCH
15) PICASSO
16) REMBRANDT
17) RENOIR
18) SCHIELE
19) VANGOGH
20) VERMEER

JEUX

S	K	Y	P	H	V	T	V	H	Z	C	P	I	K	U	X	E	M	E	S
Z	D	O	E	G	R	E	N	O	I	R	D	I	P	L	T	Q	M	H	W
K	U	E	G	O	W	N	Z	V	I	Z	J	B	C	D	I	E	B	B	Z
M	L	G	L	G	B	A	L	C	R	J	Y	R	W	A	S	M	N	G	U
K	B	A	D	N	L	M	N	E	N	N	A	Z	E	C	S	V	T	O	Q
N	J	U	S	A	F	I	M	X	Z	B	F	L	H	L	C	S	N	D	M
H	U	G	Z	V	V	B	I	L	L	E	C	I	T	T	O	B	O	S	S
C	J	U	E	E	R	U	W	B	D	F	E	Z	F	F	U	R	H	F	Z
N	I	I	D	A	D	E	G	A	S	L	X	I	O	R	C	A	L	E	D
U	Q	N	N	G	T	G	Z	J	E	I	V	G	I	K	W	M	Q	N	H
M	D	D	W	S	R	E	M	Z	N	T	V	U	A	N	H	D	H	Z	H
S	T	I	J	T	E	Y	B	A	D	P	K	G	A	M	F	A	B	A	L
W	U	G	H	G	F	H	I	R	H	D	N	S	T	D	J	L	C	Y	U
C	U	I	B	B	R	L	E	U	U	O	V	X	I	J	B	I	T	I	L
P	L	S	D	K	G	E	Y	C	F	O	F	R	A	D	H	D	V	R	K
K	V	O	Z	I	T	A	E	I	R	J	C	H	V	V	Y	O	C	B	T
K	R	J	D	H	C	O	Q	M	L	K	G	T	Q	S	I	W	G	N	N
P	H	O	W	U	F	V	R	E	R	Q	Q	A	Z	K	H	O	B	D	S
E	M	F	K	M	A	P	R	F	J	E	Z	N	O	L	I	Q	K	X	H
D	Q	O	J	A	C	M	D	P	B	Z	V	F	G	G	K	Z	B	P	O

Solution page 610

Le saviez-vous ?

Quand les numéros de portable des chefs d'État traînent sur le web !

« Allô, Boris Johnson ? » Incroyable, mais vrai : le numéro de téléphone portable du Premier ministre britannique était en accès libre sur internet depuis plus de 15 ans. En effet, en 2006, à l'époque où Boris Johnson n'était qu'un simple élu faisant partie de l'opposition, il avait fourni son numéro personnel dans un communiqué de presse. Mais ce dernier document a été visible par tout un chacun sur le web jusqu'en 2021. C'est là que les journalistes de la BBC, estomaqués de découvrir cette grave faille de sécurité nationale, ont dévoilé l'affaire. Depuis, Boris Johnson, sous le feu des attaques politiques et des critiques dans le cadre de plusieurs affaires, semble avoir (enfin) changé de numéro.

CARRÉ MAGIQUE

FACILE

Obtenez la somme de **38** sur toutes les lignes horizontales et verticales !

2		12	15
	14		8
	4	17	
16		6	

Solution page 603

Humour

Trois potes, Mario, Gaspar et Yoann discutent de leurs femmes respectives.

– Moi, dit Mario, ma femme est folle ! Elle a passé son permis bateau et nous n'avons même pas une barque !

– La mienne n'est pas mieux, dit Gaspar. Elle a passé son permis moto et nous n'avons même pas un Solex !

Yoann leur dit à son tour :

– Ben la mienne est encore plus bête ! Elle part en vacances aux Baléares, a acheté un paquet de cinquante préservatifs et elle n'a même pas de pénis !

« QUEL MIGNON BÉBÉ ! »

Le mot **« bébé »** nous vient d'un nain ! Élevé à la cour du roi Stanislas de Pologne, Bébé était un nain célèbre. Au début du XVIIIe siècle, le mot **« bébé »** commence à être utilisé pour désigner les nourrissons.

« TOUS EN RANG D'OIGNONS ! »

L'expression **« en rang d'oignons »** a deux explications. La première désigne logiquement les plants d'oignons, tous alignés dans le potager. La deuxième remonte au XVIe siècle, à Blois. Le baron d'Ognon avait pour coutume d'installer ses invités à table selon leur rang social… D'où le **« rang d'Ognon »** !

– Tu connais la différence entre une minute de fellation et une minute de sodomie ?

– Non.

– Tu as deux minutes ?

SUDOKU

DIFFICILE

				4	1		9	6
					6			1
6			5	9	3	8		
7						2		
9	5			1			3	7
		8						9
		7	6	3	2			5
2			1					
5	6		4	7				

Solution page 615

- L'énergie thermique d'une vache permet à elle seule de chauffer une pièce de **20 mètres carrés**.
- Un millimètre carré d'os humain peut supporter **2000 kilos** : soit deux fois plus que le bois, mais dix fois moins que l'acier.
- Il faudrait **3537 années** pour se rendre jusqu'au Soleil à pied.
- Le nénuphar géant grandit de **12 centimètres** par jour.
- L'ancêtre de la carte Vitale est née en **1944**.

Deux puces savantes font un numéro de cirque chez Pinder, qui remporte un grand succès. Une puce dit à l'autre :

– Si ça continue à marcher aussi bien, on va pouvoir s'acheter un chien.

– Papa, c'est quoi la différence entre la richesse et la pauvreté ?
– La richesse, mon fils, c'est les voitures de luxe, les hôtels particuliers, les jolies femmes…
– Et la pauvreté ?
– La pauvreté, c'est ma Dacia, notre maison de merde, et ta mère !

QUIZ

Quel animal n'hiberne pas ?

a. La chauve-souris
b. La taupe
c. Le hérisson
d. La tortue terrestre

Solution : b.

Le saviez-vous ?

Parlait-on tous la même langue à l'aube de l'humanité ?

Depuis toujours ou presque, le mythe de Babel interroge... Selon cette légende, les êtres humains parlaient tous la même langue à l'origine. Par arrogance, ils décidèrent de construire une tour qui atteindrait les cieux. Pour les punir de leur orgueil, Dieu les condamna à ne plus se comprendre, car ils parlaient désormais des centaines de langues différentes.

Y a-t-il du vrai dans cette histoire ? En effet, les linguistes du monde entier ont relevé des similitudes étonnantes entre des dialectes pourtant fort éloignés géographiquement. Comment expliquer que les mots « papa » et « maman » comprennent dans toutes les langues des consonnes labiales (« p », « m », « b »...) ? Ou que le mot « nez » comprenne presque systématiquement la lettre « n » et le mot « langue » la lettre « l » ?

Selon Nicolas Quint, directeur de recherche en linguistique africaine au CNRS, il n'y aurait là aucun mystère. « Toutes les langues du monde bâtissent les mots qui les composent au moyen d'unités sonores distinctives, des phonèmes, explique-t-il. Or il n'y en a que quelques dizaines par langue. Si ces phonèmes ne sont pas identiques d'une langue à l'autre, ils ont de nombreux points communs : nous sommes limités par les capacités de notre appareil phonatoire. »

Autrement dit, nous en venons logiquement tous à produire des sons similaires. C'est d'autant plus le cas pour les mots « papa » et « maman », souvent les premiers prononcés par les bébés qui apprennent à parler. Les consonnes labiales sont les plus faciles à prononcer pour les tout-petits, qui effectuent les mêmes mouvements des lèvres lorsqu'ils tètent !

EST-CE QUE SI UN HUN S'INSTALLE À TROYES, ON PEUT DIRE QUE C'EST L'HUN DE TROYES ?

LE JOUR DE VOTRE EXAMEN DE CONDUITE, VOUS AVEZ FLIPPÉ COMME C'EST PAS PERMIS ?

Charade

Mon **premier** est une **ERREUR**,

Mon **deuxième** aime la

CHAIR HUMAINE,

Mon **troisième** se vante d'être le

PREMIER,

Mon **quatrième** exprime le

DÉGOÛT,

Mon **tout** vous

IMMORTALISE.

Solution : Photographie [Faute-Ogre-A-Fi]

Un tout jeune fakir arrive en retard à l'école. Il présente ses excuses à sa maîtresse :

– Je suis désolé, mais je me suis endormi sur un passage clouté.

Pourquoi dit-on...

« C'EST UN VRAI SNIPER »

Une anecdote qui va bien faire rire les amateurs de FPS (First Person Shooter, jeux vidéo de tir à la première personne). À l'origine, dans la langue anglaise, le mot **« sniper »** désigne un **« chasseur de bécassine »**. En effet, **« snipe »** signifie **« bécassine »**, un oiseau difficile à atteindre par les chasseurs en raison de sa propension à voler en zigzag. Les excellents tireurs, qui parvenaient à toucher des bécassines en plein vol, étaient donc surnommés des « snipers » !

« C'EST LE DINDON DE LA FARCE »

Aucune certitude quant à l'origine de cette expression, mais de fortes probabilités. Au Moyen Âge, des spectacles humoristiques appelés des **« farces »** étaient donnés en public. Souvent, un fils rusé tournait en dérision son père trop naïf, surnommé **« le père dindon »**. Autre explication : aux XVIIIe-XIXe siècles, un spectacle très cruel était joué à Paris. En guise de **« farce »**, on posait des dindons sur des plaques chauffées à blanc. Contraints de lever leurs pattes l'une après l'autre pour ne pas se brûler et ne pas tomber, les volatiles semblaient alors danser, ce qui amusait beaucoup le public.

TU VOIS QU'ON
CONDUIT MOINS
BIEN BOURRÉE !

Sur un chalutier,
deux marins bretons
se disputent. Gwenaël
dit à Erwann :
– Ne me parle pas
sur ce thon !

Si vous rougissez comme une tomate, c'est la faute de l'adrénaline !

Vous croisez dans les couloirs de l'école celui ou celle qui fait battre votre cœur, et là, c'est le drame : vos joues prennent une délicate couleur écarlate… Pire, plus vous avez conscience de rougir et plus la nuance s'accentue ! Si ce fléau a ruiné votre adolescence à vous aussi, vous pouvez blâmer votre système nerveux sympathique.

Lorsqu'on ressent une émotion très forte, apparentée à une montée d'adrénaline, notre cerveau l'interprète immédiatement comme un danger. Il provoque donc un afflux de sang dans les organes et une augmentation du rythme cardiaque, se traduisant par un rougissement très visible sous la fine peau du visage. Le signal est clair : il faut se préparer à attaquer, à se défendre ou à fuir pour assurer sa survie.

Bien évidemment, votre crush ne souhaitait probablement pas vous combattre en duel. Mais ça, votre système nerveux ne le savait pas… Heureusement, en acquérant de l'âge et de l'expérience, vous avez appris à maîtriser plus aisément les émotions fortes, et les rougissements intempestifs se sont faits de plus en plus rares.

QUI EST L'INTRUS ?

HONG KONG

LOS ANGELES

SINGAPOUR

CHICAGO

SÉOUL

TORONTO

BERLIN

SAN FRANCISCO

BOSTON

MEXICO

Solution : L'intrus est Berlin. Sa population compte moins de 4 millions d'habitants. Or toutes les autres villes sont des mégapoles et possèdent au minimum 10 millions d'habitants.

À l'église, dans le confessionnal :
– Voilà mon père : hier, j'ai fait l'amour 19 fois avec ma femme !
– Mais mon fils… avec votre femme, ce n'est pas un péché.
– Je le sais bien, mais 19 fois, bordel ! Il fallait bien que je le dise à quelqu'un !

HUMOUR NOIR

Quelle est la différence
entre le film *Intouchables* et
son personnage principal ?
Le film, lui, il a marché...

Pourquoi Gilbert Montagné
n'a jamais pu se saouler ?
Parce que la cuite
est visuelle...

Le jour où on organisera ***une battle Noir Désir/Alizée***, est-ce que le vent l'emportera ?

Que faire quand vous trouvez un épileptique en pleine crise dans votre baignoire ?
Ajoutez de la lessive et votre linge sale !

Les gens du voyage ne sont
pas des athlètes olympiques…
Mais leur objectif est le même : l'or ou l'argent.

Qui est l'inventeur
de la catapulte ?
Un lépreux qui faisait un bras d'honneur.

LABYRINTHE

FACILE

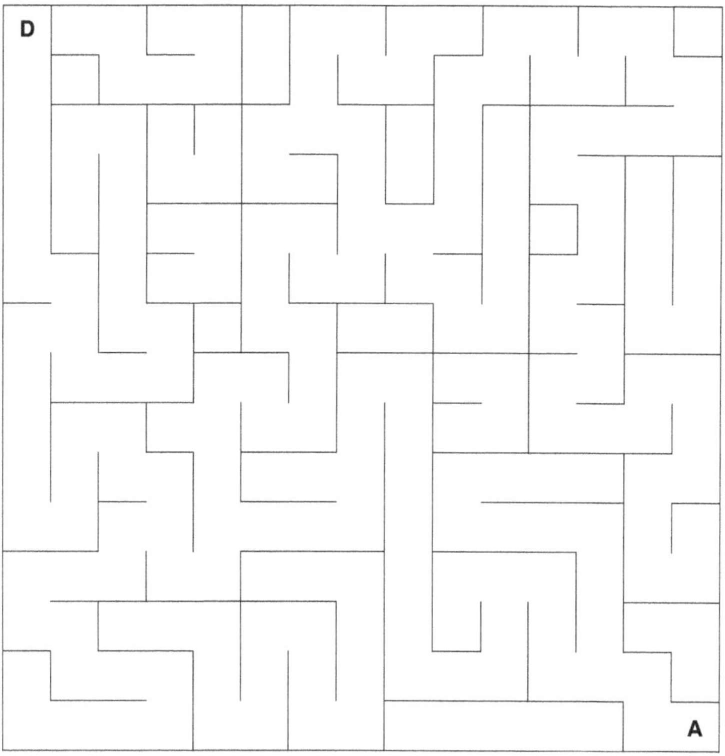

Les pires blagues du monde

Que disent les Cubains qui ont souvent mal au ventre ?
J'ai une fidèle gastro !

D'où viennent les gens les plus dangereux ?
D'Angers.

Quelle est l'expression
préférée des dentistes ?
Que Dieu vous
prothèse !

Il paraît que quand
tu bois 2 verres en Chine,
tu n'en Pékin !

C'est l'histoire d'un poil.
Il est bien !
Et puis un jour…
Il est pubien.

Qu'est-ce qu'un combat
entre une carotte et
un petit pois ?
Un bon duel.

Vous savez pourquoi
Stallone porte un bandeau
dans les cheveux ?
***Parce que ça
le rambo ?***

Comment fait un garagiste
pour séduire ?
Il fait l'essieu doux.

JEUX

SUDOKU

FACILE

			4			7	2	
			5	7			9	1
	7	1	3					
						5		4
9		5				1		2
7		2						
					3	6	1	
2	6			9	5			
	5	8			7			

Solution page 615

Les 70 mers du monde

1. Mer des Antilles (aussi appelée des Caraïbes)
2. Mer Adriatique
3. Mer d'Alboran
4. Mer d'Amundsen
5. Mer d'Andaman
6. Mer d'Arafura
7. Mer d'Aral

Le saviez-vous ?

8. Mer d'Aru
9. Mer d'Azov
10. Mer de Baffin
11. Mer des Baléares
12. Mer de Bali
13. Mer Baltique
14. Mer de Banda

15. Mer de Barens
16. Mer de Beaufort
17. Mer de Bellingshausen
18. Mer de Béring
19. Mer de Bismarck
20. Mer Blanche
21. Mer de Bohai

Le saviez-vous ?

22. Mer des Canaries
23. Mer Caspienne
24. Mer des Célèbes
25. Mer Celtique
26. Mer de Céram
27. Mer de Corail
28. Mer de Chine méridionale

29. Mer de Chine orientale
30. Mer de Florès
31. Mer du Groenland
32. Mer d'Halmahera
33. Mer des Hébrides
34. Mer intérieure du Japon
35. Mer Ionienne

36. Mer d'Irlande

37. Mer d'Islande

38. Mer du Japon

39. Mer de Java

40. Mer Jaune

41. Mer de Kara

42. Mer du Labrador

43. Mer de Laptev

44. Mer des Laquedives

45. Mer Ligurienne

46. Mer de Lincoln

47. Mer de Marmara

48. Mer Méditerranée

49. Mer de Mindanao

50. Mer des Moluques

51. Mer des Natuna

52. Mer Noire

53. Mer du Nord

54. Mer de Norvège

55. Mer d'Okhotsk

56. Mer d'Oman

57. Mer des Philippines

58. Mer de Ross

59. Mer Rouge

60. Mer des Salomon

61. Mer de Savu

62. Mer de Scotia

63. Mer de Sibérie orientale

64. Mer de Sulawesi

65. Mer de Sulu

66. Mer de Tasman

67. Mer des Tchouktches

68. Mer de Timor

69. Mer Tyrrhénienne

70. Mer de Weddell.

Si vous dites que vous les connaissiez toutes, vous êtes un menteur ou un géographe.

CARRÉ MAGIQUE

MOYEN

Obtenez la somme de **80** sur toutes les lignes horizontales et verticales !

17		24	5	11
	10	16		28
21	27	8		
13		20	26	
	6		18	19

Solution page 603

MOTS MÊLÉS

Dinosaures

Saurez-vous retrouver chacun des mots cachés dans ce tableau ?

Les mots peuvent être écrits horizontalement, verticalement, en diagonale ou à l'envers.

Mots à trouver :

1) ALLOSAURE
2) APATOSAURE
3) BARYONYX
4) BRACHIOSAURE
5) CHILESAURUS
6) CRYOLOPHOSAURE
7) DILOPHOSAURE
8) DIMETRODON
9) MEGALODON
10) PTERANODON
11) SPINOSAURE
12) STYRACOSAURE
13) STYRACOSAURE
14) TRICERATOPS
15) TYLOSAURE
16) VELOCIRAPTOR

JEUX

C	B	B	H	T	V	T	R	W	H	J	T	M	N	W	J	G	J	S	V
K	M	G	R	O	E	B	R	L	I	Y	P	O	U	X	K	W	G	V	E
D	E	E	L	A	I	R	M	I	L	D	D	C	M	O	Y	M	S	T	L
V	U	R	T	R	C	R	U	O	C	O	M	O	S	H	J	F	M	D	O
J	G	U	L	E	G	H	S	A	L	E	M	R	B	T	G	G	E	I	C
H	G	A	A	Y	B	A	I	A	S	K	R	I	F	I	S	R	X	L	I
O	K	S	W	O	U	K	G	O	J	O	L	A	I	X	U	P	O	O	R
C	F	O	G	R	Y	E	S	O	S	I	C	D	T	A	Z	B	N	P	A
S	R	N	E	R	M	Z	U	M	Y	A	J	A	S	O	Q	B	O	H	P
U	I	I	B	A	R	Y	O	N	Y	X	U	O	R	H	P	H	D	O	T
R	C	P	W	D	Z	C	S	T	X	E	T	R	Y	Y	O	S	O	S	O
U	H	S	T	Y	R	A	C	O	S	A	U	R	E	F	T	Z	R	A	R
A	S	E	R	U	A	S	O	H	P	O	L	O	Y	R	C	S	T	U	P
S	O	S	I	P	T	E	R	A	N	O	D	O	N	W	Y	O	E	R	U
E	T	G	B	U	Y	S	Q	R	X	V	P	U	D	B	O	P	M	E	I
L	A	E	X	R	L	V	I	Y	G	N	D	X	Q	V	H	R	I	P	M
I	A	X	Z	E	G	W	Y	I	D	H	X	V	C	R	I	F	D	Y	M
H	R	S	H	Z	H	L	T	T	S	G	F	J	L	V	D	N	D	C	T
C	D	H	V	V	G	Z	V	X	Z	I	L	F	H	S	J	N	Y	M	I
B	O	E	R	U	A	S	O	L	L	A	T	G	U	T	R	F	X	K	X

Solution page 610

Humour

Bixente, un bûcheron basque très costaud, vient de s'acheter une magnifique tronçonneuse qui, d'après la publicité, permet d'abattre 80 arbres par heure. Le lendemain, il rapporte la machine au magasin et demande à être remboursé :

– Cette machine ne marche pas bien. Je n'ai pu couper que 40 arbres à l'heure avec.

Le vendeur est très surpris et regarde la machine :

– Bon… on va vérifier ça.

Il la démarre et constate que la tronçonneuse tourne parfaitement.

Bixente s'exclame :

– Mais enfin ! C'est quoi ce bruit ?

ALORS, QUE VOUS ARRIVE-T-IL?
JE ME SENS TOUT DRÔLE...

Humour et... gastronomie !

« Notre toaster a deux positions :
trop tôt ou trop tard. »
Sam Levenson

« La chips est la seule contribution de l'empire britannique à l'art culinaire. »
John Cleese

« Il est difficile de dire quelque chose de positif sur le brocoli, si ce n'est qu'il n'a pas d'arêtes. »
Johnny Martin

« La nouvelle cuisine, ça signifie :
"Je n'arrive pas à croire que j'ai payé 200 dollars et que j'ai encore faim." »
Mike Kalina

« La nourriture dans ce restaurant est très mauvaise. En plus, ils servent des portions ridicules. »
Woody Allen

« Je préfère les pizzas au sexe. Mais je dois reconnaître que j'ai moins de mal à avoir les pizzas. »
Doug Graham

« Un réfrigérateur, c'est un endroit où l'on stocke les restes jusqu'à ce qu'ils soient bons à jeter. »

Al Boliska

« Il ne faut jamais manger un produit dont la liste des ingrédients occupe plus de la moitié du paquet. »

Joseph Leonard

« Je ne suis pas végétarien, mais les animaux que je mange le sont. »

Groucho Marx

« Ce restaurant est très cohérent.
La viande, le café et les glaces
ont la même cuisson. »
Michael Winner

« Rien au monde ne suscite autant
de faux espoirs que les quatre
premières heures d'un régime. »
Nora Ephron

« Le meilleur moyen de maigrir,
c'est de manger nu devant un miroir. »
Frank Varano

Humour

« Le problème avec la nourriture italienne, c'est que cinq ou six jours après, vous avez encore faim. »
George Miller

« Je ne sais pas cuisiner. Ma minuterie, c'est le détecteur de fumée. »
Joan Rivers

« Si nous sommes enfin parvenus
en haut de la chaîne alimentaire,
ce n'est quand même pas pour
manger des légumes ! »
Charles Jarvis

« Quand vous êtes à table avec
un végétarien, vous vous dites toujours :
"Est-ce qu'il commence à manger
ou vient-il juste de finir ?" »
Winston Churchill

« J'adore la nourriture chinoise.
Mon plat préféré est le numéro 27. »
Clement Attlee

« Si ça ressemble à un lapin,
que ça marche comme un lapin
et que ça bouge comme un lapin,
il faut le laisser encore un peu
dans le micro-ondes. »
Lori Dowdy

SUDOKU

MOYEN

	7			9				
		1		7				4
4	3						1	
			1					5
8		4		3		2		6
5					6			
	9						7	8
2				6		9		
				8			5	

Solution page 615

Humour et... musique

« Comment se peut-il que Bob Dylan,
qui joue de l'harmonica depuis plus de trente ans,
n'ait jamais progressé d'un pouce ? »
David Sinclair

« Un vrai gentleman, c'est celui qui sait jouer
de la cornemuse mais qui ne le fait pas. »
Thomas Beecham

« Si ce n'est pas un Stradivarius,
je me suis fait avoir de cinquante livres. »
Jack Benny

« Elle chante tellement faux que même les sourds
refusent de regarder ses lèvres bouger. »
Woody Allen

« Nous vivons dans un drôle de pays
où John Lennon se prend six balles
dans le dos et où Yoko Ono, pourtant juste
à côté de lui, s'en sort indemne. »
Denis Leary

« Quand Bob Dylan a chanté pour lui,
le pape a dit :
"Je parle pourtant plus de huit langues
mais je n'ai rien compris." »
Conan O'Brien

« Il n'y a que le mort qui puisse
supporter le requiem de Brahms. »
George Bernard Shaw

Humour

« Si Jimi Hendrix pouvait écouter
la radio aujourd'hui, il se retournerait
certainement dans son vomi. »
David Corrado

« La seule chose qui empêche la plupart des
rockers de sombrer dans l'analphabétisme
intégral est la nécessité de savoir lire le manuel
d'entretien de leur Mercedes. »
Garry Trudeau

« Si un chef d'orchestre qui vient de diriger
une œuvre de Beethoven n'a pas besoin
d'aller chez l'ostéopathe, c'est qu'il
a mal fait son boulot. »
Simon Rattle

Humour

« Il y a deux instruments qui sont pires qu'un accordéon : deux accordéons. »
Ambrose Bierce

« Le seul truc positif qu'on puisse dire sur la cornemuse, c'est qu'elle n'a pas d'odeur. »
Brendan Behan

« Un mélomane, c'est un monsieur qui, entendant Ornella Muti chanter dans sa salle de bains, s'approche du trou de la serrure… pour y coller son oreille. »
Woody Allen

Humour

« Les hommes qui écoutent de la musique
classique ne crachent pas par terre. »
Rita Rudner

« Les voisins adorent quand je joue du piano.
Ils cassent mes vitres pour mieux m'entendre. »
Les Dawson

« De tous les musiciens, les flûtistes
sont de toute évidence les seuls qui savent
quelque chose que nous ignorons. »
Paul Jennings

« Les Irlandais ont offert la cornemuse aux Écossais pour leur faire une blague, mais les Écossais ne l'ont pas encore comprise. »
Oliver Herford

« Les harpistes passent la moitié de leur vie à accorder leur instrument, et l'autre à jouer faux. »
Thomas Beecham

« Je me demande parfois ce qui serait le mieux, un opéra sans entracte ou un entracte sans opéra ? »
Ernest Newman

Humour

« Le jazz, c'est quand cinq musiciens
jouent ensemble un morceau différent. »
Steve McGrew

« Le professeur de musique vient deux fois
par semaine pour essayer de jeter un pont sur
l'abîme qui sépare ma fille de Chopin. »
George Ade

« Quand j'entends jouer du violon,
je pense que c'est la vengeance
des intestins d'un chat mort. »
Ambrose Bierce

« Toute la bonne musique a déjà été écrite
par des types qui portaient des perruques. »
Frank Zappa

« Si vous voulez avoir une idée
de la musique folklorique turque,
imaginez un homme qui subirait une
vasectomie sans être anesthésié. »
Bill Bryson

« *Parsifal* est le genre d'opéra qui commence
à 18 h et, après trois heures, vous regardez
votre montre et il est 18 h 20. »
David Randolph

Humour

« Les quatre dernières symphonies
de Beethoven ont été écrites par un homme
sourd et ne devraient être écoutées
que par des gens sourds. »
Thomas Beecham

« Quand j'entends trop de Wagner,
ça me donne envie d'envahir la Pologne. »
Woody Allen

« C'est quand même dingue de se dire que,
quand Mozart avait mon âge, il était
déjà mort depuis des années. »
Tom Lehrer

« L'autre jour, j'étais tranquillement chez moi en train d'écouter un disque de Leonard Cohen et quelqu'un a sonné à la porte, alors j'ai retiré le revolver de ma bouche. »
Vernon Chatman

« Quand elle s'est mise à jouer, Steinway s'est déplacé en personne pour rayer son nom du piano. »
Bob Hope

« Quand j'étais petit, je n'avais pas de montre mais un violon qui me donnait l'heure car je faisais mes exercices au milieu de la nuit et les voisins hurlaient : "C'est pas possible de jouer du violon à 3 heures du matin !" »
Henny Youngman

CARRÉ MAGIQUE

DIFFICILE

Obtenez la somme de **276** sur toutes les lignes horizontales et verticales !

51	14	56		35	30	24	
10	15		60	26	47	21	44
61	4	18		45	20		39
16	57	11	54	48			22
	0	59	6		25	43	38
	52		7	29	36	50	23
58		5	12	42	31	37	
3	62	8	65			40	33

Solution page 603

COMMENT ME TROUVES-TU ? TU SAIS QUE J'AI PLUS DE 1000 ANS !
TU ES SUPERBE, ILS SONT EXTRA TES RESTES !

Retenez enfin la différence entre Ashkénazes et Séfarades

Ashkénazes et Séfarades : deux peuples à la fois si proches et si différents, qui se sont déchirés pendant des siècles… Vous ignorez quelle est la distinction entre les deux ? La voici en trois points clés !

Leur origine

Le nom des Ashkénazes provient d'une région d'Allemagne, la Rhénanie, aussi appelée « Ashkenaz ». Par extension il désigne donc à l'origine les Juifs ayant émigré en Allemagne et dans les pays voisins (Pologne et Russie)

Les Séfarades, eux, tirent leur origine de l'Espagne et du Portugal. Ils sont les descendants des Juifs ayant dû quitter la contrée espagnole après la prise de Grenade par les chrétiens.

Le saviez-vous ?

Leur langue

Du fait de leur origine, les Séfarades parlent le judéo-espagnol, assorti de quelques mots empruntés à l'hébreu. Logiquement, les Ashkénazes s'expriment en yiddish, un mélange de haut allemand médiéval, de polonais, de russe, et, là encore, de quelques mots d'hébreu.

Leur liturgie

Les Ashkénazes sont des Juifs pratiquants, qui suivent le Talmud de Babylone, le Talmud de Jérusalem et les commandements des sages de Tibériade. Les Séfarades se contentent du Talmud de Babylone.

Quelle est la différence entre le gruyère et l'emmental ?

Un fromage avec des trous dedans et dont raffolent les souris : pas d'hésitation, c'est du gruyère. Pourtant, la vérité n'est pas aussi simple et nous sommes nombreux à confondre gruyère et emmental. Tous deux de la famille des fromages à pâte pressée cuite, ils présentent de nombreuses similitudes.

Petites astuces pour les différencier : le gruyère, originaire de France, possède des petits trous, pouvant aller de la taille d'un petit pois à celle d'une cerise. Sa texture est fondante et son goût prononcé, ce qui plaît à beaucoup d'amateurs de fromages !

À l'inverse, l'emmental, originaire de Suisse, se distingue par ses trous au diamètre beaucoup plus large. Sa saveur en bouche est plus délicate que celle du gruyère et sa pâte plus ferme.

En espérant que cette lecture ne vous a pas trop donné l'eau à la bouche…

FOOTBALL : POURQUOI KARIM BENZEMA A-T-IL LA MAIN DROITE BANDÉE ?

Si vous suivez les matchs de l'équipe de France de football ou du Real Madrid, vous avez sûrement remarqué que **Karim Benzema** arbore un gros pansement à la main droite depuis près de quatre ans. Le footballeur prodige serait-il blessé depuis 2019 ?

La réponse est non, bien sûr. En réalité, **Karim Benzema** a été victime d'une fracture de l'auriculaire droit lors d'un match Real Madrid – Bétis Séville le 13 janvier 2019. Si le médecin du club souhaitait opérer immédiatement le sportif pour réparer ses os cassés, les dirigeants du Real Madrid voyaient les choses autrement : hors de question de se priver de **Karim Benzema** sur le terrain.

Le footballeur n'a donc jamais eu le temps d'être hospitalisé et possède une grosse bosse entre la première et la deuxième phalange de l'auriculaire. Voilà la raison pour laquelle il porte une capsule de protection du doigt sous un bandage à chaque match. Le **numéro 9** prévoit de faire redresser un jour ses os abîmés… mais vraisemblablement pas avant sa retraite sportive !

Rue, boulevard, avenue... d'où viennent ces appellations ?

Il y a fort à parier que vous ne voyez aucune différence entre une rue, une avenue et un boulevard. Pourtant, ces noms ne sont pas donnés au hasard !

- Une rue est un simple couloir de circulation, bordé de maisons, dans une agglomération.
- Une avenue est généralement plus large et a pour fonction de mener à un lieu précis. C'est pour cette raison qu'elle débouche souvent sur une place ou un monument en particulier.
- Un boulevard est souvent circulaire et / ou permet d'entrer au cœur d'une ville. En effet, le mot « boulevard » vient du hollandais *bolwerk*, qui signifie « forteresse ». Quel est le lien ? Au XVIIe siècle, le roi Louis XIV décida de détruire les remparts qui entouraient Paris pour les transformer en grandes voies piétonnières. Les boulevards étaient nés, se répandant ensuite dans les autres villes de France.

Bien sûr, ces termes se justifient moins aujourd'hui et il n'est pas rare de voir un boulevard ou une rue nouvellement créée être érigés au rang plus prestigieux d'avenue…

Association ou fondation : quelle est la différence ?

D'humeur philanthrope, vous songez à créer votre propre fondation… ou association. Si elles sont souvent confondues, il s'agit pourtant de structures bien différentes.

Une association est un regroupement de personnes possédant des centres d'intérêt communs. Cela peut aussi bien être de jouer au tennis, d'aimer les films des années quatre-vingt ou de faire de la photographie animalière ! Une fondation, au contraire, a forcément un but d'intérêt général à visée non lucrative. Favoriser l'éducation, protéger la nature, aider les personnes dans le besoin… Il faut avoir la volonté de se montrer utile.

Côté juridique, monter une association est assez simple et sa gérance se fait de manière démocratique. Quant aux créateurs d'une fondation, appelés mécènes, ils doivent justifier d'un apport financier désintéressé. Ils peuvent également décider de se placer sous l'égide de la Fondation de France.

PEOPLERIES

LA DOUBLE VIE DE JEAN SCHOPFER, PREMIER GAGNANT FRANÇAIS DE ROLAND-GARROS

Certains possèdent un destin exceptionnel… C'est le cas de **Jean Schopfer**, à la fois écrivain, journaliste et tennisman français.

Né en 1868 en Suisse, il est diplômé de l'École du Louvre et licencié ès lettres. Il se fait connaître en tant qu'auteur, sous son nom de plume **Claude Anet**. Grand voyageur, le jeune homme s'inspire de ses périples pour écrire des livres très connus à l'époque, comme *Ariane, jeune fille russe et Mayerling*. En plus du français, il parle l'anglais, le russe, l'allemand et un peu de persan !

Mais **Jean Schopfer** possède une double facette : c'est aussi un athlète d'exception. Dès son plus jeune âge, il est passionné de cyclisme, de natation, et surtout de tennis. En 1892, il est le premier français à remporter les Championnats Internationaux de France de tennis, ancêtre de Roland-Garros, entrant ainsi dans l'Histoire.

Durant ses vieux jours, le sportif pratique le golf et le cricket, avant de décéder en 1931 d'une septicémie généralisée. Sa fille, **Leïla Claude-Anet**, reprend son flambeau en excellant au tennis dans les années trente.

Pourquoi il ne faut pas dire : « assis-toi ! »

Peut-être avez-vous entendu cet ordre durant toute votre enfance (généralement prononcé d'un ton agacé), mais il est bel et bien fautif. Il faut dire que le verbe s'asseoir a de quoi perturber, car il est le seul de la langue française à posséder deux conjugaisons ! Il vient du latin ***« assedita »***, qui signifiait ***« assise »***, puis s'est progressivement élargi à la place des convives à table, et finalement à leur « assiette ».

Ce mot s'est répandu en France avec une petite nuance : à l'époque, on disait ***« je m'assois »*** dans le centre de la France et ***« je m'assieds »*** dans l'ouest du pays. De nos jours, la formulation ***« je m'assieds »*** paraît plus convenable que ***« je m'assois »***, aux accents plus familiers. Cependant, les deux formes sont autorisées par la langue française, et les deux orthographes également depuis la réforme de 1990. Vous pouvez donc dire ***« assieds-toi »*** ou ***« assois-toi »***... mais sûrement pas ***« assis-toi »***, qui est un barbarisme.

JEUX

MOTS MÊLÉS

Moyen Âge

Saurez-vous retrouver chacun des mots cachés dans ce tableau ?

Les mots peuvent être écrits horizontalement, verticalement, en diagonale ou à l'envers.

Mots à trouver :

1) ALLIE
2) ARMURE
3) BATAILLE
4) CHAMBELLAN
5) CHATEAU
6) CHEVALIER
7) CLERGE
8) COURONNE
9) CROISADE
10) DIME
11) DOUVE
12) EGLISE
13) EPEE
14) EVECHE
15) FEODALITE
16) FIEF
17) HEAUME
18) HERSE
19) JACHERE
20) LATRINES
21) PAYSANS
22) REGENT
23) SEIGNEUR
24) SERF
25) SUZERAIN
26) TERRE
27) VASSAL

JEUX

N	S	S	K	C	O	E	C	W	Y	O	O	R	W	E	E	E	Z	S	N
E	I	L	L	A	R	T	U	O	R	M	D	T	G	L	L	G	X	E	A
P	P	V	M	E	Z	A	F	E	U	O	G	R	Y	A	L	L	C	I	L
E	J	A	H	I	E	D	N	I	A	R	E	Z	U	S	I	I	G	G	L
T	R	C	U	T	E	S	N	D	V	L	O	V	J	S	A	S	E	N	E
V	A	U	A	C	V	H	X	K	C	Q	X	N	H	A	T	E	M	E	B
J	X	H	M	C	R	O	I	S	A	D	E	J	N	V	A	M	U	U	M
A	C	I	F	R	L	A	T	R	I	N	E	S	D	E	B	X	A	R	A
K	Q	S	V	Z	A	Z	D	E	S	R	E	H	V	I	U	V	E	A	H
Y	C	Q	Q	B	G	F	K	L	R	C	L	E	D	F	M	E	H	V	C
L	L	P	U	L	A	X	Q	X	L	R	C	A	O	D	B	E	L	X	M
J	H	A	A	Q	M	R	L	X	L	H	E	X	U	X	I	G	U	A	F
V	R	W	S	Y	W	S	R	I	E	I	Z	T	V	E	D	K	O	U	S
F	V	I	P	J	S	O	V	H	B	G	Y	P	E	H	C	G	O	E	I
T	E	R	C	R	R	A	M	Y	W	J	P	V	G	I	X	H	R	B	I
W	N	I	R	A	W	E	N	B	T	M	V	W	Z	F	W	F	B	M	S
R	Z	E	F	W	P	S	Y	S	Z	Q	C	H	E	V	A	L	I	E	R
G	Y	E	G	E	E	U	M	R	Y	B	L	F	S	E	G	O	U	J	X
P	I	G	E	E	B	H	O	U	Z	M	P	E	S	L	Y	E	S	Z	W
E	B	U	Z	J	R	E	T	I	L	A	D	O	E	F	F	T	E	A	B

Solution page 611

QUAND SAMUEL L. JACKSON REMPORTA LE RÔLE DE PULP FICTION GRÂCE À UN CASSE-CROÛTE

Tout le monde est friand d'anecdotes de castings, surtout lorsque le film est un énorme succès. Si vous appréciez l'univers de **Quentin Tarantino**, cette histoire va vous intéresser…

Lors du casting du célèbre long-métrage *Pulp Fiction*, **Samuel L. Jackson** était en concurrence avec un autre acteur pour le rôle de Jules. Agacé d'avoir un rival et d'attendre depuis 45 minutes, l'acteur avait du mal à cacher son irritation. Il sortit donc s'acheter un burger et un milk-shake pour tempérer son impatience.

Revenu dans la salle du casting, il se retrouva face à **Quentin Tarantino** et aux producteurs du film. Sans dire un mot, il continua à avaler son casse-croûte en décochant un regard noir. « Je chiais dans mon froc, ce type me foutait la trouille, je pensais qu'il allait sortir un pistolet et nous flinguer », raconta par la suite un des membres de l'équipe de production. **Quentin Tarantino**, impressionné par cet aplomb, décida immédiatement de lui attribuer le rôle du tueur à gages, acolyte de Vincent Vega (alias **John Travolta**) ! Il ajouta même dans le film une scène inspirée de cette anecdote.

Morale de l'histoire : mieux vaut ne pas pousser à bout **Samuel L. Jackson**.

Superman a-t-il échangé par inadvertance son pantalon et son slip ?

Généralement, on enfile son slip avant de revêtir son pantalon. Pourtant, Superman aborde fièrement un slip rouge vif sur un justaucorps bleu très moulant… Cette étrange lubie vestimentaire a beau être discutable, elle a une origine tout à fait logique. Jerry Siegel et Joe Shuster, les créateurs de Superman en 1993, se sont inspirés des culturistes et de leur force impressionnante. Ces derniers avaient pour habitude de s'habiller uniquement d'un slip lors des démonstrations, afin de mieux montrer leur imposante musculature. Pour éviter d'avoir froid, ils portaient parfois par-dessous un justaucorps ou un collant. Si Superman porte un slip très voyant par-dessus sa combinaison, c'est donc pour faire comprendre tout de suite au public de l'époque qu'il est doté d'une force herculéenne !

Le saviez-vous ?

Avez-vous trouvé le point commun entre tous les super-héros Marvel ?

Eh non, ce n'est pas d'avoir sauvé l'humanité. Si le public des salles obscures ne s'en est sûrement pas rendu compte, les passionnés de comics se sont peut-être aperçus d'un point commun étonnant entre tous les héros Marvel… Voyez un peu :

- *Spiderman* : Peter Parker
- *Hulk* : Bruce Banner
- *Daredevil* : Matt Murdock
- *Deadpool* : Wade Wilson
- *Docteur Strange* : Stephen Strange
- *Mr Fantastique* : Red Richards

Le saviez-vous ?

Vous avez sûrement mis le doigt dessus : chacun possède la même initiale pour son prénom et son nom de famille. Et quand ce n'est pas le cas, il s'agit souvent de deux lettres qui se suivent dans l'alphabet, comme pour Iron Man (Tony Stark) ou Star-Lord des *Gardiens de la Galaxie* (Peter Quill).

La raison en est toute simple et tient à la très mauvaise mémoire de Stan Lee, créateur de la majorité des personnages Marvel. Pour ne pas s'embrouiller dans les noms des héros à chaque nouvel épisode de comics, il a imaginé ce moyen mnémotechnique tout simple !

Humour anglo-saxon

Les peuples

« Le flamand n'est pas vraiment une langue, c'est plutôt une maladie de la gorge. »
Mark Twain

« La vie est trop courte pour apprendre l'allemand. »
Richard Porson

« Acheter est bien plus
américain que penser. »
Andy Warhol

« C'est surtout le climat qui
explique l'importance de la
colonisation britannique. »
Robin Green

« Un Écossais, c'est quelqu'un qui, lorsqu'il apporte un pantalon à la laverie automatique, en profite pour mettre une chaussette dans chaque poche. »

Ambrose Bierce

« On dit que les habitants de New York ne sont pas aimables. C'est faux. L'autre soir, j'ai vu deux New-Yorkais qui ne se connaissaient absolument pas partager un taxi. Le premier a pris les roues et la radio, le second a pris le reste. »

David Letterman

« Les Suisses ont su construire
un très beau pays autour
de leurs hôtels. »
George Mikes

« Nous allons atterrir à l'aéroport
de Belfast. Merci d'attacher vos
ceintures. La température au sol est
de 12 °C et vous pouvez reculer
vos montres de trois siècles. »
Niall Tóibín

« Un fabricant de poupées iranien
a voulu contrer Ken et Barbie.
Il a créé Darha et Sara.
Ces poupées sont tellement réalistes
que si vous retirez la burka de Sara,
Darha lui jette des pierres. »

Jimmy Fallon

« À Los Angeles, ils ne jettent
pas leurs ordures. Ils en font des
émissions de télévision. »

Woody Allen

« Je ne connais pas de gentleman américain. Que Dieu me pardonne d'associer ces deux termes. »
Charles Dickens

« On distingue le vin allemand du vinaigre grâce à l'étiquette. »
Mark Twain

Humour

« Le système métrique n'a pas réussi à s'implanter aux États-Unis, à l'exception des 9 millimètres. »

Dave Barry

« Il a été prouvé scientifiquement que si vous vivez aux États-Unis, vous perdez un point de Q. I. par an. »

Truman Capote

« Je suis allé en Nouvelle-Zélande, mais ça avait l'air fermé. »
Clement Freud

« Le Canada est un pays tellement coincé que même les travestis sont des femmes. »
Richard Benner

« En Alaska, nous avons
seulement deux saisons :
l'hiver et l'hiver suivant. »
Leigh Wade

« Ce qu'il y a de bien avec la ville
de Glasgow, c'est que même après
une attaque nucléaire, elle serait
exactement identique. »
Billy Connolly

« L'hiver anglais se termine en juillet
et recommence en août. »
George Gordon

« Un Iranien modéré, c'est celui
qui pense qu'un peloton d'exécution
devrait être élu démocratiquement. »
Henry Kissinger

« Vivre en Australie en permanence,
c'est comme danser toute une
soirée avec sa belle-mère. »
Barry Humphries

« Je ne suis pas Anglais.
Au contraire. »
Samuel Beckett

« J'aimerais bien vivre
à Manchester, parce que la
transition entre Manchester et la
mort se ferait tout en douceur. »
Mark Twain

« La devise de Cleveland
devrait être : “Il faut bien
vivre quelque part.” »
Jimmy Brogan

JEUX

MOTS CROISÉS

HORIZONTALEMENT
1. Organisme marin carnivore transparent
2. Représentantes du peuple huron-wendat
3. Espace couvert et fermé
4. États-Unis – Prénom d'un grand écrivain russe
5. Pillages – Titane
6. Étain – Soupe de poissons basque
7. Osmium – Circonstance
8. À votre santé

VERTICALEMENT
I. Chaussure d'intérieur
II. Terroirs du département des Landes
III. Commune française du département des Côtes-d'Armor, en Bretagne
IV. Refus – Célébrité
V. Relatif à l'anus
VI. Indium – Rochers apparaissant à la marée basse
VII. Réabsorberai
VIII. Einsteinium – Armée en campagne à l'époque féodale

JEUX

	I	II	III	IV	V	VI	VII	VIII
1								
2								
3						■		■
4				■				
5					■			■
6			■					
7			■		■			
8		■						

Solution page 617

Le cou d'une girafe serait froid avant d'atteindre son estomac.

Avez-vous déjà pensé à ça ?

Non ?

Évidemment… vous ne pensez qu'à vous !

Pourquoi les pâtissiers
se font chier à chercher
des noms improbables
pour leurs gâteaux alors
qu'on dit toujours :
« Celui-là ! »

Ce soir, ma voisine
a crié si fort sur ses
enfants que, moi-même,
j'ai mis mon pyjama,
j'ai fait pipi et je suis
allé au lit…

« Pendant qu'Elvis, Miles Davis. »

Un couple qui bricole.

LABYRINTHE

DIFFICILE

JEUX

JEU DES 7 DIFFÉRENCES

Solution page 618

Mon responsable a dit que j'intimidais mes collègues !

Je l'ai regardé jusqu'à ce qu'il s'excuse…

Je ne supporte
pas ces personnes qui
se la jouent cultivées en
parlant de Mozart et qui,
j'en suis sûr, n'ont jamais
vu le moindre de
ses tableaux.

L'alcool est la version liquide de Photoshop.

J'ai pris du Viagra pour mon coup de soleil...
Non, ça ne l'a pas guéri mais ça empêche les draps de frotter sur mes cuisses !

Septième jour
sans fumer…

Pour l'instant,
tout va bien.

De toute façon,
ce piéton serait bien
mort un jour
ou l'autre !

Qu'est-ce
qu'un geek ?

C'est un mec
qui démonte son
ordinateur plus vite
que sa femme...

– De toute façon,
tu n'entends que ce
qui t'arrange !

– Oui, bonne idée !
Je veux bien une bière
moi aussi !

– Chérie, je suis pour la paix des ménages.

– Moi aussi, je suis pour la paix. Déménage !!!

www.maviedefemme.com

et Marie Dewulf,

astrologue réputée,

vous présentent :

L'HOROSCOPE 2023

Horoscope

BÉLIER (21 mars – 20 avril) 

Votre ciel de 2023

C'est tambour battant que vous allez commencer cette année ! Non seulement vous avez un locataire qui vous squatte jusqu'en mai, mais en plus, il entre en interaction avec des amis pleins d'énergie.

On peut dire que vous êtes sous de bons auspices. Vous devez en profiter pour engranger leurs énergies et pour mettre en place des projets nouveaux ou conclure ceux en cours. Le reste de l'année sera plus posé tout en étant aussi productif.

Votre ciel relationnel

Un domaine en demi-teinte ! Un peu barbouillé(e), comme si un paravent faisait barrage aux bons influx en jetant de l'ombre. À moins que ce ne soit votre trop plein d'énergie qui renverse et/ou décoiffe. Alors que c'est du doigté, de la douceur, de la patience et de la prévenance qu'il faudrait mettre dans vos élans.

Mai et juin seront particulièrement dynamiques ! Coup de foudre ? Coup de cœur ? Coup de tonnerre ? Selon votre configuration personnelle, ce sera l'un ou l'autre. Le coup de foudre sera soudain, une exaltation suivie d'un essoufflement, un peu comme le soufflé qui prend un coup de froid. Coup de cœur qui bat la chamade mais qui préfère le prendre avec désinvolture. Coup de tonnerre dans un ciel nuageux et tensions dans les relations fragilisées. On ne se comprend plus très bien, on ne s'écoute pas bien et cela amène à des dérapages désagréables. Si j'ai un conseil à vous donner, prenez le temps de bien écouter, c'est la clé d'une bonne entente.

Février et avril sont deux périodes propices à de nouvelles rencontres amicales. Tandis que juin et novembre sont des moments de chaleur et tendresse familiale.

Horoscope

Votre ciel professionnel et financier

En ce début d'année, des freins disparaissent, des possibilités s'ouvrent. Rappelez-vous, vous bénéficiez d'une synergie planétaire qui vous porte et vous ouvre des portes. Plus particulièrement chez les jeunes générations qui vont entrer dans la vie professionnelle par une bonne porte ou dans de bonnes conditions. Et/ou pour les quadragénaires des opportunités de réorientation ou de changement. Les uns comme les autres, vous pouvez trouver des partenaires pour mettre vos projets en œuvre, avoir de l'aide afin de bien les piloter et prendre la route du succès. Pour les autres natifs, ce domaine semble les épanouir et ils poursuivent leur cheminement tranquillement.

Certain(e)s d'entre vous seront tenté(e)s par la spéculation, le boursicotage, par un investissement. De fin mai à fin août, la période est favorable, vos amies célestes vous donneront le petit coup de pouce nécessaire pour que tout se passe bien. Toutefois, la prudence financière s'impose en mars, avril et décembre. Durant ces périodes, enfermez votre carte bleue à triple tour pour éviter les tentations et les dérapages incontrôlés.

Votre ciel bonne forme

Une forme cinq étoiles ! Si on peut y mettre un bémol, ce serait une forme débordante, exubérante à certains moments, ce qui peut agacer votre entourage, et qui dit agacement, dit tension et friction.

Juillet-août et octobre-novembre sont des moments de surtension. Alors le meilleur moyen de faire tomber cette tension est de la décharger. Comment ?

Le jogging, le punching ball, le fitness, le basket sont des méthodes qui vous vont bien. Le jogging a l'avantage de se faire au grand air, et pour bien décharger votre trop plein d'énergie, modulez votre course entre accélérations et décélérations, prenez des moments de pause respiratoire et faites des étirements. Si vous optez pour le punching ball, vous pouvez même le pratiquer en toute discrétion au boulot. Vous vous isolez, vous visualisez un punching ball et faites comme un boxeur qui se prépare au combat en décochant des coups avec force. Chez vous, si vous n'en avez pas, un coussin fera l'affaire. Cela a aussi l'avantage de pouvoir se défouler à n'importe quel moment.

Le fitness et le basket sont encadrés, se pratiquent en salle avec un environnement social. C'est moins spontané mais plus ciblé. L'un comme l'autre sont grands consommateurs d'énergie et donc adaptés pour évacuer le trop-plein.

TAUREAU (21 avril – 20 mai)

Votre ciel de 2023

Vous aurez souvent l'impression de marcher sur des sables mouvants. C'est que la terre n'est pas très stable sous vos pieds surtout pour les troisièmes décans.

Des imprévus, des opportunités, des changements, des surprises émailleront cette année et vous n'aimez pas ça ! Vous préférez les bonnes organisations, les plannings bien ficelés, donc tout ce qui vient vous perturber vous stresse et vous met sur le qui-vive. Même si un ami bienveillant arrive chez vous à partir de juin et vient adoucir l'atmosphère, vos neurones et votre estomac feront quand même des cabrioles. Il vous faudra vous ménager des zones de tranquillité.

Votre ciel relationnel

Votre monde émotionnel est en mode montagne russe ! En mode bateau sans gouvernail serait même plus approprié, alors que vous aspirez à une tranquillité bienfaisante. Tous les natifs ou presque seront touchés par ces influx. Il faut voir ça comme une route cabossée qu'il faut prendre pour aller du point A au point B, du premier jour au dernier jour de l'année.

Votre grande amie vous mettra le cœur à l'envers. Elle fait des cabrioles dans le ciel et déploie une panoplie d'émotions que vous aurez souvent du mal à gérer. Célibataires ou marié(e)s, elle n'épargne personne. L'aspect coquin de ces facéties sont les réconciliations, les rapprochements et les cabrioles qu'on fait tendrement à deux ! On peut presque dire qu'on se prend le bec pour mieux se bécoter !!!

Les jeunes générations abordent les choses du cœur avec légèreté, insouciance, elles et ils musardent, ce sont des vagabond(e)s de l'amour, des apprenti(e)s des choses de la vie. Maladresses et gaucheries seront fréquentes, sujets à plaisanteries et à quelques souvenirs croustillants.

Horoscope

Votre ciel professionnel et financier

Un domaine où vous pouvez trouver une certaine stabilité, vos repères. Même si ce domaine évolue pour les natifs des années 1990 et apporte des changements, c'est une évolution que vous aurez construite, voire programmée, donc plus confortable pour vous, car vous maîtrisez la situation.

Dans votre timing, le premier semestre est propice à faire des études, suivre une formation, élaborer des projets, chercher du travail, faire tout ce qui est nécessaire et utile pour mettre quelque chose en œuvre, à la manière d'un architecte qui fait ses plans, ses devis, ses prospections avant de construire.

Dans le second semestre, cette effervescence créative s'apaise, vient le temps de mettre en œuvre, d'être le bâtisseur. De poser les bases de votre devenir professionnel qu'il soit dans la construction, l'évolution, le changement, la réorientation.

Côté finances, vous aurez du mal à dire non aux demandes de vos proches et/ou aux tentations que vous rencontrez ! Votre filet de sécurité sera la lecture de votre relevé bancaire.

Votre ciel bonne forme

Votre forme fera aussi des cabrioles ! Elle est directement affectée par votre vie émotionnelle.

Dans les phases rapprochées et câlines, vous êtes détendu(e), serein(e), paisible, posé(e). Dans ces moments vous n'aurez aucun mal à vous contrôler, pas d'excès, rien d'anarchique, que du bon et encore du bon. Dans les moments plus agités, votre stress refait surface et aura tendance à vous ouvrir l'appétit ! Alors pour ces moments, quelques petites consignes pour garder la forme en vous évitant les formes. Comme d'avoir quelques crudités prêtes à la dégustation à portée de papilles.

Dans vos moments de stress, prenez du temps rien que pour vous. Oubliez vos obligations, vos corvées, vos besognes et accordez-vous une pause détente.

Une suggestion pour bien vous détendre, vous changer les idées, distraire vos neurones et vous aérer la tête, RIRE !!! Faire une séance de rire. Le rire est un déstressant naturel, il libère des endorphines, renforce nos défenses immunitaires, fait respirer, améliore la circulation sanguine et aussi… c'est un brûle-graisse !!! En plus de chasser la morosité, quand on rit, on dépense des calories, on fait travailler des muscles et on améliore sa respiration, c'est un exercice souverain bonne forme !

GÉMEAUX (21 mai – 21 juin)

Votre ciel de 2023

« *Carpe diem* » : cueille le jour présent sans te soucier du lendemain. C'est votre état d'esprit tout au long de cette année. Mais dire que l'année sera une promenade de santé est un doux euphémisme ! En apparence tout semble calme, tranquille, pas d'aspérité ni de désordre, mais on sait que les apparences sont souvent trompeuses !!!

C'est vrai, pas de grandes manœuvres dans votre ciel, ni de secousses secouantes dans votre vie, seulement de petits évènements contrariants, des soucis ordinaires, des tracas sans fracas, juste de quoi égratigner votre humeur.

Votre ciel relationnel

Vous ne vous prenez pas la tête et ne vous embrouillez pas le cœur. Quand ça va, tout va, quand ça ne va pas, vous vous dites que demain est un autre jour. Belle philosophie pour garder bonne humeur, optimisme et insouciance. Enfin pas trop d'insouciance quand même, vous avez les pieds sur terre mais préférez regarder la bouteille à moitié pleine.

Vous vous promenez dans ce domaine le cœur léger en veillant bien de ne pas vous laisser déborder par des émotions dévastatrices. Pour celles et ceux qui vivent l'amour, elles et ils en profitent, se roulant dans la volupté sans modération. Pour celles et ceux dont le cœur est en vacances, vous musardez, marivaudez, bref, vous profitez de ce que la vie vous apporte et si ce n'est pas aujourd'hui, ce sera un autre jour !

Côté vie amicale, sociale et familiale, votre agenda est bien rempli ! Si l'un ou l'autre de vos rendez-vous s'annule, pas de souci, il y aura toujours l'un(e) ou l'autre pour prendre le relais et vous faire passer un bon moment de convivialité. Et si personne ne répond, ce sera l'occasion de regarder un bon film, de faire une balade ou encore du shopping.

Votre ciel professionnel et financier

C'est dans ce domaine que vous rencontrerez quelques désagréments. Peut-être dus à votre distraction ou votre insouciance, mais aussi venant des influx que vous recevez de votre ciel relayés par votre entourage ou les circonstances.

Il y aura des périodes où vous aurez la « tête ailleurs », distrait(e) donc, des moments où ce seront les circonstances qui vous mettront des bâtons dans les roues, rien qui porte à conséquence, mais qui vous porte sur les nerfs.

Regardons le ciel pour situer ces périodes. De fin avril à la mi-mai, de fin août à la mi-septembre et fin d'année, contrariétés en tous genres : report de date, retard d'acheminement, annulation de RV… des situations agaçantes parce que vous aimez que tout soit promptement mené, mais sans être graves pour autant. Février et juin, vous serez distrait, donc inattentif(ve) et laxiste, c'est vous qui ne faites pas les choses en temps et heure. En novembre, vous aurez le sentiment qu'on vous retient par le maillot pour vous empêcher d'avancer, un sentiment de tourner en rond. Notez ces périodes dans votre agenda pour les avoir à l'œil !!!

Côté porte-monnaie, vous avez une certaine tendance, pour ne pas dire une tendance certaine, à dépenser par anticipation. Une habitude qui peut vous jouer de vilains tours surtout quand il y a des retards d'acheminement !!! Faites vôtre l'adage « Un tiens vaut mieux que deux tu l'auras » !

Votre ciel bonne forme

Dire que vous avez une forme cinq étoiles est un peu trop ! Bonne forme oui, globalement. Mais votre chemin est parsemé de petits cailloux de mauvaise humeur, cela aura une incidence sur votre forme. Ce seront des moments d'irritabilité, de susceptibilité et vos mots peuvent dépasser votre pensée.

Quand ça vous arrive, parce que ça arrive sans prévenir, voici une petite astuce pour dégager cette explosion d'humeur. Un peu comme un éternuement, ça dégage ! Vous vous isolez, si vous n'êtes pas seul(e), dans une autre pièce, la salle de bains, les toilettes. Vous prenez la posture d'un boxeur prêt à lâcher ses coups, donc poings fermés, vous sautillez ou trépignez sur place et vous vous imaginez boxer la personne ou la situation qui vous contrarie. N'ayez pas peur de trépigner vivement, ni de lâcher des coups avec force. Faites cet exercice quelques minutes. Ensuite vous respirez profondément, vous vous relâchez et secouez vos membres, bras et jambes comme pour faire tomber quelque chose (vous pouvez visualiser votre moment d'humeur), vous faites quelques « rouleaux » avec la tête dans les deux sens pour détendre votre nuque, encore quelques respirations et vous voilà à nouveau de bonne humeur !

CANCER (22 juin – 22 juillet)

Votre ciel de 2023

Le travail prend une grande importance et/ou beaucoup de place. Vous avez des ambitions, des objectifs, mais attention de ne pas vous laisser déborder. Ce sera la chose la plus difficile pour vous cette année, de mettre des limites, de gérer votre temps.

Si dans la première partie de l'année, le vent vous pousse, dans la seconde, les vents sont contraires sans pour autant être contrariants. Cela demande plus d'énergie pour atteindre le bout de votre chemin, et donc vos objectifs.

Votre ciel relationnel

Un domaine en sourdine, en « sotto voce ». Pas qu'il ne se passe rien, mais seulement que « pour vivre heureux, faut vivre caché » ! Vous serez champion(ne) dans l'art de mettre votre vie sentimentale en mode discrétion. Passé le pas de votre vie privée, vous affichez « Ne pas déranger ».

Soyons un peu indiscret et levons le voile !

Mai et juin sont des moments de délectation amoureuse. On peut dire que tout va bien, que vous êtes ou sur votre petit nuage, ou dans les bras de votre bien-aimé(e). Même si vous avez peu de temps à lui consacrer, vous vivez ces moments avec intensité. C'est aussi une période de possible rencontre pour les célibataires, possible si vous vous en donnez le temps !!! Ah, ce temps si précieux au travail…

Fin octobre-novembre est une autre période pour les amours, une autre fenêtre de rencontres, mots que je mets au pluriel pour les célibataires. Et échange de regards troublants pour les natifs(ves) des années 1980. Vous comprenez le pourquoi de la discrétion affichée.

Côté vie sociale et amicale, elle est calme, on se voit quand on peut, donc pas souvent. Cela n'empêche que les moments que vous y consacrez sont riches et guillerets, c'est une respiration.

Horoscope

Votre ciel professionnel et financier

La plus grande partie de l'année sera intense, travailleuse, laborieuse. Rares seront les pauses, les moments de calme, ils ne viennent qu'en fin d'année.

Jusqu'à fin mai, tout semble vous sourire, tout semble facile. Vous faites de belles rencontres dans ce domaine, certain(e)s auront des propositions. Ce que vous entreprenez et mettez en place se fait avec facilité. On peut dire qu'une dose de chance vous accompagne. Donc si vous êtes en recherche, cette période vous ouvre des portes et des possibilités.

À partir de juin, le climat change, il devient plus laborieux et requiert toute votre attention, toute votre énergie. Dans cette période, les rencontres peuvent s'avérer très utiles pour soit votre propre avancement, soit pour faire avancer vos projets.

Vous serez tellement accaparé(e) par votre travail que peu de temps vous reste pour les dépenses. Vous engrangez, épargnez, thésaurisez en attendant le grand coup de cœur cadeau. Sur le plan général, ce domaine est stable et plutôt confortable.

Votre ciel bonne forme

Vous serez particulièrement touché(e) par les grandes marées de mars-avril. Les lunaisons de cette période vous atteignent au plus près de vos émotions, de votre sensibilité, de vos états d'âme. Des moments à ne pas mettre un(e) petit(e) Cancer dehors ou du moins sous la Lune. Autre période délicate pour vous, septembre-octobre, risque d'emballement, d'affolement, c'est une énergie centrifuge qui vous emporte. Donc au printemps, l'énergie lunaire vous « aplatit », à l'automne, elle vous « exalte ».

Mais c'est sur un autre point que je souhaite attirer votre attention, votre propension à vous laisser déborder, à laisser les autres ou les situations « manger » votre temps. La fatigue s'installe, votre humeur devient morose, grincheuse et pour exprimer votre ras-le-bol, vous êtes de mauvais poil. Alors que la solution est à votre portée. Ce que vous pouvez faire en toute discrétion, c'est de vous ménager des « zones sacrées ». Des moments que vous ritualisez et qui vous appartiennent. Vous choisissez le moment qui vous semble le plus propice et vous vous mettez aux abonnés absents, fermez la porte, mettez le téléphone en silencieux, vous n'êtes là que pour vous. Dans ces moments, vous choisissez de faire ce qu'il vous plaît. Rien et les doigts de pieds en éventail si c'est votre état du jour, ou une balade respirante, du shopping, une toile…, c'est selon votre bon plaisir et votre humeur du moment. Rien ni personne ne peut venir vous déranger. Cela peut être une heure, une demi-journée, une journée, une soirée, c'est vous qui déterminez la durée. Ensuite, vous reprenez vos occupations plus détendu(e), plus serein(e), plus présent(e).

Horoscope

LION (23 juillet – 22 août)

Votre ciel de 2023

Un « empêcheur de tourner en rond » visite votre signe. Il va aiguiser votre sens critique, ouvrir votre sixième sens, affûter votre perspicacité. Lorsqu'il entre en interaction avec d'autres acteurs célestes, il sera si pertinent que même les évidences seront mises en doute. Attention que le trop ne nuise pas au bien.

Le domaine professionnel est plus particulièrement ciblé par ces influx, histoire de ne pas vous reposer sur vos lauriers. Ils vous donneront envie d'aller en récolter sous d'autres cieux ou dans d'autres domaines !

Votre ciel relationnel

Entre passion éphémère et ardeur conséquente, votre flamme vacille ! Vous cherchez perpétuellement à pimenter votre vie amoureuse, à lui donner du relief, des couleurs. À jouer avec les limites de la patience, surtout lorsque vous êtes en mode « je titille ». La plupart du temps, vous gèrerez la sensibilité et la susceptibilité de l'autre, mais, parfois, le dérapage ne sera pas contrôlé et le mur vous attend. Pimenter oui, brûler non.

Les mois d'été sont propices à l'épanouissement de votre vie amoureuse si vous êtes en couple, aux rencontres si vous êtes célibataire. Mais toujours aiguillonné(e) par la recherche du petit truc qui enrichit la relation et qui fait que ça devient sérieux.

Les quadras de la génération des années 1980 sont dans une phase de remise en question et, pour certain(e)s, dans une phase de deuil précurseur de renouveau. Les générations plus avancées connaîtront de jolies surprises.

Votre vie relationnelle et sociale connaîtra aussi quelques remous et exaltations. Vous dégagez une aura certaine qui ne laisse pas indifférent, soit on a envie d'être dans vos « petits papiers », soit on vous évite.

Votre ciel professionnel et financier

Durant cette année, vous allez remettre en question et repenser votre place dans le monde du travail. Selon votre configuration de naissance, cela se fait tout en douceur, ou avec fracas ! Mais c'est vous qui êtes aux commandes, exceptionnellement ; vous subirez ces influx. Et même dans cette configuration, c'est le petit coup de pied qui vous fait rebondir avec succès.

Vous avez l'impression d'être à l'étroit ou de ne pas être à la bonne place, que vos talents restent en sommeil ou que votre curiosité vous pousse à explorer d'autres cieux ou possibles. Si votre envie de changement vous habite, cette année, au moins jusqu'en octobre, est propice à une telle remise en question.

Parfois, vous pouvez être irritant(e) à force de pointer le petit défaut, le petit grain de sable, de mettre en évidence les manques et insuffisances. Votre perspicacité et votre sens critique agacent et provoquent parfois des tensions ou des mouvements d'humeur. Dans ces moments, vous avez l'art et la manière de dédramatiser, de rendre la situation plus simple, une évidence quoi !

Calme et confort dans le domaine financier, rien de particulier, ça se passe bien. Sauf en fin d'année, où vous risquez de contracter la fièvre acheteuse et de dépenser sans modération. Un seul mot : PRUDENCE.

Dépensez avec modération !

Votre ciel bonne forme

L'adage dit : « Pour aller loin, il faut ménager sa monture », ou encore « Un esprit sain dans un corps saint » ; il faut donc en prendre soin. C'est le conseil que vous donne votre ciel. Globalement, votre mécanique tourne bien, vous devez simplement l'entretenir. Comment ?

Bon sommeil et bonne récupération vont de pair. Il faut donc bien le préparer, vous ménager un sas entre activité et sommeil, changer de rythme pour vous donner toutes les chances d'une bonne nuit. Une infusion de passiflore et/ou d'aubépine, quelques respirations pendant votre toilette du soir (inspirer et souffler comme on souffle une bougie), ajouter 3 gouttes d'HE de néroli et/ou de lavande dans votre savon de douche et vous voilà prêt(e) pour la nuit !

Votre baromètre « bonne forme » est votre tonicité au réveil. Si vous avez un peu de mal à vous déployer au réveil, que vous sentez de la torpeur, il est utile de prendre des mesures pour vous ressourcer en profondeur. Quelques heures – ou, si vous le pouvez, quelques jours – de déconnexion totale vous feront le plus grand bien.

VIERGE (23 août – 22 septembre)

Votre ciel de 2023

Cette année est le prolongement de la précédente. L'image de la tête dans le ciel et les pieds sur terre est encore présente, mais en étant plus ancrée dans la réalité et/ou la réalisation.

Le démarrage est vif et énergique, comme un sprinter, pour ensuite prendre le rythme d'un coureur de fond et d'endurance. De créateur(trice), vous devenez réalisateur(trice), un(e) architecte de votre devenir. Vous ne manquerez pas d'audace, de courage, de curiosité. Des états d'être qui vous seront bien utiles, quel que soit le domaine abordé.

Votre ciel relationnel

Ce domaine est votre zone de ressourcement, un lieu où vous aimez vivre, où vous aimez tout simplement. On peut dire que vous êtes le pilier de votre foyer, l'âme de la maison. Les relations sont d'une chaleur pudique, la confiance règne. Pas ou peu de nuages dans votre ciel, mais on ne peut pas dire que le soleil brille avec ardeur, c'est posé, calme et serein. Sage même. Votre petit monde gravite autour de vous et vous appréciez cette cordialité. Cette ambiance flirte avec le bonheur vu par un(e) Vierge, authentique et sans extravagance.

Seuls les natifs de la fin du troisième décan traversent une zone de fortes turbulences, de remise en question, situation souvent délicate, mais mûrement réfléchie. Audacieux(se) pour aller vers le renouveau sentimental, mais pas téméraire pour le faire n'importe comment. Entreprendre ce chemin est déjà une grande aventure.

Sur le plan amical, c'est table ouverte ! Autrement dit, on peut venir chez vous, vous avez l'accueil chaleureux, vous êtes à l'écoute et dispensez les remèdes aux petits ou gros bobos de la vie.

Horoscope

Votre ciel professionnel et financier

Ce domaine vous attend de pied ferme ! Il y a beaucoup à faire et vous êtes la personne idoine pour en venir à bout. Vous avez cette capacité d'être à la fois au four et au moulin, de faire plusieurs choses en même temps. Compétences et savoir-faire, efficacité et investissement sont vos atouts. Un petit conseil, ne soyez pas trop « invisible », osez vous faire remarquer si vous souhaitez à un moment récolter le fruit de vos efforts. À partir de mai, cette dynamique commencera à se calmer pour prendre un rythme plus paisible. Vous pourrez donner libre cours à votre créativité et votre empathie. On dira de vous que vous êtes un(e) collaborateur(trice) sur qui on peut compter, chez qui on trouve écoute et bienveillance, qui prodigue conseils et guidance.

Votre curiosité aussi est en éveil. En parallèle de votre travail, vous explorerez des domaines nouveaux ou technologies nouvelles, juste pour votre plaisir et en vous disant « peut-être qu'un jour… ». Les plus jeunes générations prendront la clé d'autres champs des possibles.

Attention à votre générosité, mettez des oursins dans vos poches si vous ne voulez pas avoir les gros yeux de votre banquier.

Votre ciel bonne forme

Votre forme est comme la proue du bateau, elle fend les eaux de votre vie, calmement et sereinement. Et pour cela, vous avez les bonnes attitudes, les bonnes habitudes.

Une bonne forme, ça s'entretient.

Regardons votre garde-manger : que des aliments et produits sains, naturels et de saison. Vous aimez concocter des repas et des petits plats qui allient saveurs et diététique pour les personnes qui vous entourent. On peut compter sur vous pour éviter les faux pas.

N'étant pas un(e) adepte des salles de sport et autre fitness, c'est aussi au naturel que vous faites de l'exercice. Promenades et respirations, étirements et assouplissements sont mieux adaptés à votre tempérament. Je vous conseille de ritualiser vos escapades bonne forme pour les faire régulièrement. Si la météo est grincheuse, faites vos exercices devant la fenêtre ouverte.

Autrement, pour entretenir votre forme, le tai-chi est une méthode qui vous irait bien. Les mouvements fluides et souples contribuent à une bonne circulation des énergies, participent de votre ressourcement.

Horoscope

BALANCE

(23 septembre – 22 octobre)

Votre ciel de 2023

Cette année, vous êtes dans un fauteuil d'orchestre ! Aux avant-postes pour recevoir les bons influx, les bonnes énergies, être au bon endroit au bon moment.

On peut trouver un moment plus « chiffonné » entre fin juillet et début septembre. Votre amie fait une cabriole, rencontre des amis avec qui elle se prend la tête et projette une ambiance mélancolique, un petit nuage qui passe et empêche le soleil de briller de tous ses feux. En novembre, elle arrive en pleine forme dans votre signe, vous finirez l'année en beauté et tout amour !

Votre ciel relationnel

« Ça plane pour moi » ! pour nous !!! On peut dire que ça baigne, que ça ronronne, le climat est tendre et amoureux, l'harmonie est au rendez-vous. Peu ou prou, rien ne vient rider la surface de votre vie. Rien qu'une petite zone de houle en été, mais rien de conséquent, juste de quoi garder les pieds sur terre et resserrer les liens. Si ce n'est déjà pas fait, les natifs(ves) du dernier décan donneront un tour plus formel à leur relation, fiançailles, mariage, engagement.

Divergences d'opinions avec votre entourage familial qui ne sera pas toujours d'accord avec vos points de vue ou décisions, mais, qu'à cela ne tienne, fort(e) de votre bon droit, vous tenez tête.

Côté amical, retrouvailles d'un(e) ancien(ne) amoureux(se), petite déception d'y voir les rides laissées par la vie. C'est aussi une occasion de vous dire que la vie est bien faite et que vous appréciez votre bonheur présent.

Horoscope

Votre ciel professionnel et financier

La tentation de l'aventure entrepreneuriale vous titille depuis quelque temps déjà. Si vous avez des envies d'entreprendre, de mettre en œuvre un projet, le premier semestre est *open* ! Vous trouverez à fédérer des associés pour vous accompagner dans cette aventure. À partir de fin mai et pour une durée de 3 mois, vous trouverez un partenaire financier si cela s'avère utile pour construire votre projet.

Si vous êtes dans un nouveau travail et que vous avez quelques inquiétudes sur sa pérennité, ce printemps vous apportera toutes les assurances voulues. Non seulement vous conservez votre poste, mais en plus vous renforcez votre situation. Le climat est différent si vous êtes en recherche, ça traîne en longueur avant de trouver un contrat pérenne. Vous trouvez mais serez reporté(e) de CDD en CDD jusqu'en octobre. Pour les natifs déjà en poste, pas de problème à votre horizon.

Votre porte-monnaie aura à souffrir de coups de cœur ou d'achats d'occasion tout à fait inutiles, mais complètement indispensables ! Évitez les marathons shopping.

Votre ciel bonne forme

Votre forme est au rendez-vous. Vos amours vont plutôt bien et c'est votre moteur. Un peu de fatigue par-ci par-là, ou une petite contrariété histoire de ne pas engourdir votre vie, mais qui se règle par un jour ou une soirée de repos.

Dans ces moments de fatigue, offrez-vous une soirée détente. Une consigne, pas de télévision, ni d'écran. Repas léger, musique douce, un peu de lecture, quelques mouvements de tai-chi ou de respiration profonde. Pensez aussi à une tisane de tilleul, diffusez ou brumisez de l'HE de lavande ou de néroli selon votre préférence. Allongé(e) dans votre lit, poursuivez les respirations profondes et détendez tous vos membres, le sommeil ne tardera pas. Au réveil, votre fatigue sera envolée. Vous pouvez aussi reproduire ce rituel pour la sieste.

Petit conseil beauté pour avoir la peau douce et veloutée : se faire un gommage au gruau d'avoine. Dans un bol, mélangez du gruau d'avoine avec du lait, entier de préférence. Frictionnez ce mélange sur tout le corps avant de vous doucher, ajoutez 2 gouttes d'HE de géranium rosat à votre savon.

Pour une peau claire et lumineuse de votre visage, un masque à la fraise. Écrasez simplement quelques fraises bien mûres, enduisez-vous le visage et laissez poser au moins 1 heure. Vous pouvez ajouter 1 goutte d'HE de géranium rosat. Ce masque atténue les rides, éclaircit la peau, fait disparaître les taches brunes.

SCORPION

(23 octobre – 21 novembre)

Votre ciel de 2023

Un climat à géométrie variable et aussi en fonction de votre décan. Les mieux lotis sont les premiers, c'est le calme après la tempête, le ciel est redevenu bleu et lumineux, vous pouvez sous son abri goûter la quiétude avec délectation. Les troisièmes décans doivent s'attendre à des bourrasques, des coups de vent ou autres orages.

Les deuxièmes décans ont la position la moins confortable, ballotés entre ces vents contraires. Heureusement que vous avez un bon ancrage pour vous arrimer et ne pas vagabonder.

Votre ciel relationnel

Trois décans, trois temps !

Les troisièmes décans auront l'impression de marcher sur des sables mouvants. Vous avez le sentiment que les éléments se dérobent, vous échappent. Trop de remous dans ce domaine pour envisager une stabilité durable. Cependant, vous ne serez pas seul(e), rencontre, flirt, amourette sont à votre programme. Les plans d'avenir durable viendront plus tard. Vivre l'instant dans toute sa plénitude est une manière de trouver une stabilité intérieure.

Les deuxièmes décans sont dans une zone de turbulence. Elles et ils reçoivent des influx décoiffants, horripilants. Des particules contrariantes s'entrechoquent, se percutent, se heurtent, il en sera de même de vos humeurs, le climat est à l'orage. Il faudra bien vous accrocher pour ne pas tomber ou vous fissurer.

Changement de climat pour les premiers décans qui trouvent une stabilité, un équilibre, une constance. Vous avez une belle complicité et vous êtes épanoui(e) dans votre relation, sans pour autant tomber dans une morne routine. Il y a du relief, de la fantaisie, c'est vivant.

Votre vie relationnelle et familiale sera une zone de calme et de ressourcement.

Horoscope

Votre ciel professionnel et financier

Dans ce domaine, vous bénéficiez de très bons appuis célestes, ils vous prodiguent protection, guidance, soutien, vous épaulent, vous donnent le coup de pouce utile, et participent à votre épanouissement professionnel. Vous pouvez compter sur leurs bonnes énergies, mais aussi sur des collaborateurs empathiques et efficaces.

Ce climat est favorable pour trouver du travail, en changer, consolider ou évoluer. Certain(e)s envisageront de faire une formation dans le but d'une réorientation ou d'une revalorisation de leur situation. Tous ces éléments convergent vers une stabilité dans ce domaine. Si ce passage ami entre en résonance avec votre thème natal, vous pourriez donner plus d'ampleur à votre situation, aller vers des responsabilités, bouger votre pion sur l'échiquier professionnel.

Vos finances sont en équilibre, stables, confortables. Petites tentations d'investissement ou de boursicotage, la prudence doit vous guider.

Votre ciel bonne forme

Globalement, votre bonne forme est au rendez-vous. Vous pouvez compter sur un bon tonus, sauf les deuxièmes décans qui auront des phases « survitaminées ».

Pour maintenir votre bonne forme, un peu d'exercice au grand air vous sera bénéfique. Des exercices qui font bouger tout votre corps, ça régulera la circulation des énergies et apaisera les épisodes survitaminés. Le tai-chi, le qi-qong sont des méthodes qui favorisent et équilibrent la circulation des énergies, font bouger le corps dans sa totalité, font respirer. Une façon de faire douce et très efficace, qui vous aidera à apaiser vos phases survitaminées.

Un décrassage intérieur pour éliminer vos toxines est également recommandé. À faire régulièrement et surtout les lendemains de soirée difficiles. Le matin, buvez un grand verre d'eau de source à température ambiante (pour éviter les chocs thermiques agressifs pour l'organisme). Ajoutez le jus d'un demi-citron jaune. Pour augmenter son action nettoyante, faites macérer de la menthe poivrée (celle des jardins) toute une nuit dans un verre d'eau que vous boirez le matin. Un conseil, chiffonnez les feuilles de menthe pour développer ses propriétés.

SAGITTAIRE

(22 novembre – 21 décembre)

Votre ciel de 2023

Belle ambiance dans votre ciel, une ambiance où il fait bon vivre, bon travailler, bon d'être avec celles et ceux qu'on aime, une impression de quiétude. C'est plutôt calme ! Mais un calme tout relatif, un calme à votre manière, c'est-à-dire qu'il est actif et productif, mais au ralenti, l'inactivité n'est pas votre tasse de thé.

Cette année se montre constructive, votre grand ami se promène dans le secteur amoureux avant de se réfugier dans le travail. Même si certain(e)s du deuxième décan doivent revoir leur copie, pour les autres ce sera une promenade au fil du temps et des opportunités.

Votre ciel relationnel

Un premier semestre tout en douceur et tendresse. Votre meilleur ami céleste se promène dans le secteur de l'amour et va le colorer de sa bienveillance, sa joie de vivre, son besoin de lien avec les autres. Et pas d'inquiétude ! Il laissera traîner derrière lui des particules bienfaisantes qui vous seront profitables jusqu'à l'automne. Ensuite, il faudra puiser dans vos réserves.

Si vous êtes passé(e) par quelques tourbillons ces derniers mois, vous retrouvez quiétude et sérénité, redonnez un nouvel élan à votre relation. C'est une période où vous semez les prémices d'une relation, où vous vous y engagez plus durablement, où vous faites vivre, consolidez et confortez votre couple. C'est une période qui permet de vous épanouir dans votre relation, mais qui ne s'arrête pas avec le départ de votre ami céleste. Certains aussi prendront la décision d'accueillir un *little baby*.

Durant cette période, des liens se resserrent et d'autres se retrouvent et se renouent. Pour vous dire que cet ami céleste apporte aussi des particules de réconciliation.

Votre ciel professionnel et financier

Dans ce secteur, il y a ce qu'on voit et ce qu'il y a en coulisse.

Dans ce qu'on voit, votre situation est installée, bien et/ou solidement établie. Vous donnez l'image de quelqu'un qui réussit, qui est solide, qui est épanoui(e) dans son travail, une image de satisfaction et aussi de fierté.

En coulisse, oh là là ! C'est le branle-bas de combat ! Ça s'agite, cogite, se bouscule, se précipite, il y a une activité intense. Les deuxièmes décans en sont l'épicentre et propagent cette énergie dans les autres décans.

Plus vous serez proche du centre, plus vous vous remettrez en question dans le travail, envisagerez un changement voire une rupture totale avec votre travail actuel. À l'autre bout de cet épicentre, cette remise en question devient un vœu pieux, une hypothétique idée. Dans l'espace médian, les premiers décans qui ont le vent en poupe au second semestre œuvreront à stabiliser et consolider leur situation. Les troisièmes décans pensent au changement, à passer à autre chose, mais sans agir, de façon passive.

Juste un petit mot sur vos finances, pour vous dire qu'elles vont bien, mais que les natifs de la fin du signe peuvent rencontrer des aléas stressants.

Votre ciel bonne forme

Dans ce domaine aussi, plus vous serez proche du centre du signe, plus votre forme sera tonique, dynamique, énergique. Les natifs du début et de la fin du signe seront sujets à des coups de fatigue ou de blues. Entre les deux, la forme fluctue en fonction de la « forme des nuages », pour vous dire que ça ne tient à rien, qu'à votre humeur du jour, qu'à celle de la Lune et aux changements de saisons.

Pour réguler cette tonicité à géométrie variable, pensez à la promenade, aux escapades dans la nature, dans les arbres, vers les petits ruisseaux. Prenez conscience de votre environnement, écoutez cette nature gazouiller, chanter, murmurer, frissonner, sentez-la et ressentez-la. Si vous êtes débordant(e) d'énergie, faites cette promenade au trot, non pas pour jogger – on est alors trop concentré sur soi –, mais pour être en « conversation » avec la nature.

Si votre baromètre tonique est bas, imprimez un rythme de promenade en rapport. Ajoutez-y des pauses de respirations, d'étirements, de bavardages et de rires. Le rire fait circuler les énergies et fait travailler les muscles qui participent à la respiration. C'est un bon exercice pour recharger ses batteries.

Pendant vos promenades et selon les saisons, faites des cueillettes d'herbes, de fruits, de champignons, que vous pourrez ensuite cuisiner, consommer en tisane ou en confiture.

Horoscope

CAPRICORNE

(22 décembre – 20 janvier) 

Votre ciel de 2023

Dire que cette année est un long fleuve tranquille est un pas que votre ciel ne franchit pas, mais il reflète néanmoins une certaine maîtrise, vous tenez la barre de votre vie. Seul les natif(ve)s de la fin du signe sont sur des charbons ardents, comme « assis(e)s sur un volcan », à moins que vous soyez super débordant(e) d'énergie !

D'autres amis célestes vous disent d'oser, de vous débarrasser de vos complexes et vos doutes, d'avoir confiance en vos possibles. D'être plus dans l'opportunité que la stratégie, souvent à trop réfléchir de bonnes occasions s'échappent !

Votre ciel relationnel

Un début d'année calme, serein, paisible. Avec l'arrivée du printemps, un invité jovial et empathique se glisse dans ce secteur, lui donne une certaine ampleur. Cet été réveille une relation endormie, reconnecte des « perdus de vue », apaise des tiraillements, ouvre la porte de votre cœur et tout à coup sœur Anne voit quelque chose venir.

Célibataires, cette période vous ouvre tous les possibles dans ce domaine. Il y a de la rencontre dans l'air ! Il est donc important de vous ménager quelques plages de détente et de ne pas vous dire : « Bof, de toute façon je n'ai rien d'autre à faire que de travailler » ! Un post it pour les natives de 1986, cet invité planétaire vous prend par le cœur et vous conduit sur les chemins de la rencontre pour construire ou reconstruire.

Les couples se retrouvent, se redécouvrent, se réveillent, se reconquièrent. Votre invité œuvre à l'apaisement des tiraillements, à la complicité, à la concorde. Il vous invite à une sorte de nouvelle « lune de miel ».

Côté relation familiale, préservez votre intimité et votre tranquillité ! Il y a risque d'envahissement et ça pourrait vous mettre dans une situation d'humeur ronchonne. Entre votre bien-être et votre sens du devoir, il n'y a pas à hésiter ! Pensez à vous.

Votre ciel professionnel et financier

Rien ne semble venir perturber votre ciel professionnel, une mer d'huile sauf pour les natif(ve)s de la fin du signe, souvenez-vous, vous êtes sur un volcan ! Néanmoins, notez dans votre agenda le passage d'un trouble-fête dans votre ciel, qui viendra vous compliquer la vie, amenant tel ou tel petit grain de sable qui fera grincer la mécanique et votre humeur.

Un climat très différent, donc, pour les natif(ve)s de la fin du signe. Vous traversez une zone de grande turbulence. Vos certitudes s'ébranlent, vos convictions sont malmenées, bref, une remise en question est pour ainsi dire inévitable. Ce tremblement sera plus ou moins fort selon votre configuration personnelle et le point de vue où l'on se place. Un bouleversement qui sera vécu comme difficile pour certain(e)s, comme une libération pour d'autres. C'est un virage qui vous est proposé, l'occasion de prendre le chemin depuis longtemps souhaité ou de vous remettre sur vos bons rails. Un petit Capricorne averti en vaut plusieurs ! Accompagner le changement vous sera profitable.

Stabilité financière pour les premiers et deuxièmes décans, épisodes de fragilité pour les troisièmes.

Votre ciel bonne forme

Rien de spécial à l'horizon, votre forme est bonne en général, avec de-ci de-là un petit coup de fatigue, mais rien de bien méchant. Ces petits coups de fatigue sont généralement dus à un apport insuffisant d'énergie dans l'alimentation et/ou à une mauvaise gestion du repos.

Pour éviter les coups de barre dans la journée, il est important de la commencer par un bon petit déjeuner, avec les éléments énergétiques utiles pour bien démarrer. Les calories ingérées se brûleront tout au long de la journée. En l'absence du petit déjeuner, vous puisez dans vos réserves qui sont au plus bas depuis le matin, le coup de fatigue est inévitable.

Prenez le temps de manger à table, vous pouvez aussi sacraliser ce moment. Il est préférable de vous lever un quart d'heure plus tôt, le petit déjeuner sur le pouce est néfaste à tout point de vue. Le temps gagné est perdu dans les heures qui suivent. Si vous optez pour la version *light*, faites-vous un smoothie (cocktail de fruits et/ou légumes mixés au blinder avec facultativement du yaourt ou du lait de coco), auquel vous ajoutez du muesli. Vous avez des céréales, des vitamines, vous l'accompagnez de thé ou de café léger. Si vous optez pour la version costaud, commencez par un jus ou une compote de fruits, un oeuf frais à la coque avec du pain complet, un peu de confiture, café léger ou thé. Si vous optez pour la version viennoise, un jus ou compote de fruits, des viennoiseries, café léger ou thé.

Après un bon petit déjeuner, vous pouvez faire face aux diverses sollicitations de la journée.

VERSEAU (21 janvier – 18 février)

Votre ciel de 2023

Vous voilà obligé(e) de reprendre contact avec la réalité ! Votre auditoire planétaire est parti voir ailleurs si l'herbe n'est pas plus verte et vous laisse un peu esseulé(e). Vous n'aimez pas ça et vous mettez tout en œuvre pour attirer l'attention.

Votre bon génie va d'ailleurs exaucer certains de vos vœux. Il va mettre sur votre route des opportunités d'évasion. Il est possible, selon la configuration de votre ciel, de faire un voyage lointain ou d'explorer des domaines qui vous sont inconnus.

Votre ciel relationnel

Vous êtes la reine des meilleures amies ! Le roi du bon pote ! Vous aurez à cœur de cultiver vos amitiés et d'en forger de nouvelles. Elles ou ils peuvent compter sur votre bonne humeur, votre entrain et votre vivacité d'esprit. Sur votre dévouement aussi, en cas de besoin. C'est une façon pour vous de meubler une vie relationnelle sans vous engager dans le labyrinthe des émotions. Autant que faire se peut, vous éviterez d'y entrer. Si vos pas vous y conduisent, n'oubliez pas votre « fil d'Ariane », votre laissez-passer de sortie.

Marié(e) ou en couple, vous oscillez entre amour et amitié. Votre entente est bonne et complice, en bonne intelligence même, raisonnable et solide. Vous évitez de glisser dans l'émotionnel, vous vous y sentez mal à l'aise en cette période, plus particulièrement les troisièmes décans. Vous restez gentiment au bord, c'est plus confortable. Toutefois, de temps en temps, vous y allez sur la pointe des pieds, histoire de vous apprivoiser.

Horoscope

Votre ciel professionnel et financier

Charme et séduction pour les premiers et deuxièmes décans, pertinence pour les troisièmes décans sont les tendances cette période. Vous allez aborder ce domaine de façon différente, mais le point commun est efficacité. Le travail de terrain vous plaît énormément, à la condition qu'il vous laisse libre de vos initiatives. Le ciel vous soutient dans vos entreprises et y met une joyeuse animation.

Le ciel va aussi vous aider dans vos relations professionnelles et/ou extra-professionnelles. Tout un réseau qui se crée, dont les relations seront autant de relais pour véhiculer vos idées et les confronter aux autres. Les amis de mes amis sont aussi mes amis et, parmi ces amis, des opportunités intéressantes surviennent. Par ces contacts, les derniers décans se verront offrir une proposition qui ne sera pas faite pour leur déplaire. Elle entraîne un changement ou plus de mobilité, elle sera plus à la mesure de leurs capacités. Un choix se pose aussi entre vos ambitions professionnelles et la place qu'on vous réclame dans votre vie personnelle. Vous êtes devant un choix cornélien !

Côté finances, un oursin dans vos poches serait le bienvenu pour tempérer votre générosité.

Votre ciel bonne forme

Une forme d'enfer pour un diable de Verseau ! Divin, non ?

Vous allez contre vents et marées, êtes au four et au moulin, courez dans tous les sens, rien ou presque ne vous fatigue, avec un bémol pour les troisièmes décans qui ont une forme en montagnes russes. Vous êtes sur des chapeaux de roue, votre tonicité est au top. Prenez conscience que votre dynamisme épuise votre entourage qui aimerait bien, de temps en temps, qu'un coup de barre vous assomme !

Chaque fois que l'occasion se présente, prenez un peu de temps pour vous, pour vous décontracter.

Pour vous détendre les épaules et la nuque, en position assise, relâchez vos épaules et, selon l'endroit, mettez vos bras ballants le long du corps ou relâchés et posés sur vos genoux. Faites quelques mouvements circulaires le temps de trois respirations dans un sens et dans l'autre. Si c'est possible, continuez avec la relaxation de vos bras. Laissez tomber vos bras comme s'ils étaient de chiffon et secouez-les comme si vous vouliez les faire tomber. Ces petits mouvements simples ont pour effet d'harmoniser la circulation des énergies et de défatiguer.

Horoscope

POISSONS

(19 février – 20 mars)

Votre ciel de 2023

Un calme tout relatif règne sur cette période. Tout relatif parce qu'un rien peut déclencher une tornade, une friction peut provoquer une tempête dans un verre d'eau. Ce sont les premiers décans qui sont les plus sensibles aux influx.

Une grande effervescence règne dans vos neurones. Votre imagination est au maximum, surtout chez les troisièmes décans, tout est propice à rejoindre Pierrot sur la Lune. C'est une période de grande créativité, d'ouverture sur d'autres cultures ou d'autres connaissances. Le monde de la communication virtuelle vous permet des voyages fabuleux, des rencontres palpitantes, des découvertes passionnantes.

Votre ciel relationnel

Votre sourire vous va si bien !

Vous entrez dans une période de grand romantisme. Tout ce que vous regarderez sera vu au travers de ce prisme. Parfois, il déformera la réalité, le risque sera un manque de réalisme, un brouillage de votre lucidité, mais une augmentation de votre intuition. C'est elle que vous devrez écouter.

Séduction et charme sont vos mots clés. Et pour cause ! Durant cette période, votre locataire habituel fait de belles rencontres. Cela agit comme un philtre ou un diffuseur de phéromones, capteurs d'amoureux(se), inutile de vous dire qu'il y a de la rencontre dans l'air ! Célibataire, une belle et longue promenade vous attend sur la carte du tendre. Votre cavalier se fera servant, votre dame se fera charmante, rien que pour vos beaux yeux.

En couple, votre relation vogue sur une mer d'huile. Votre partenaire apprécie votre douceur, votre charme, votre tendresse, votre sensualité, votre disponibilité, votre empathie, votre besoin d'union commune, et tout ce qui fait votre poésie. Les nuages sont bien loin, alors profitez de ce moment de plénitude amoureuse.

Horoscope

Votre ciel professionnel et financier

Pas de grand tralala, c'est sur le terrain que cela se passe. Rien d'extravagant, de grandiloquent, un quotidien qu'il faut assumer pour faire tourner la boutique. Cela a de bons côtés et des moins bons. Vos compagnons célestes préfèrent rester en coulisse, vous aussi, ça tombe bien, vous pouvez être dans la discrétion.

C'est en sourdine que des choses se passent, sans bruit.

Votre très grand ami est toujours en résidence et vous instille ses influx. C'est intérieurement que les effets se font ressentir. Il alimente votre créativité, votre imagination, votre besoin d'autre chose ou d'aller à la rencontre d'autres mondes. Il participe à l'élaboration d'esquisses de projets ou de plans. Vous cogitez plein pot tout en ayant l'air de ne rien faire.

De fait, vous avez une posture d'asocial, de reclus, de solitaire, un comble pour quelqu'un qui aime les autres ! Cette posture fait jaser ! Mais tout ce qui peut se dire coule sur vos écailles.

Vos finances vont bien, mais prudence toutefois, modérez votre générosité pour éviter de tenir les cordons de la bourse.

Votre ciel bonne forme

Vous avez bonne mine ! Un ami qui vous veut du bien y veille. Vous avez une bonne vitalité, un bon moral, une tonicité. S'il n'y avait les phases lunaires, le ciel serait d'une grande clémence. Elles influent sur vos humeurs, vos états d'âme, vous pouvez être irritable, sensible, insomniaque, les nerfs à fleur de peau, mélancolique, c'est l'un ou l'autre ou cela peut être un cocktail.

Pendant ces quelques jours qui vous barbouillent l'humeur, vous aurez tendance à vous réfugier au fond de votre bocal et attendre que ça passe. C'est une solution que de se lover dans son « fort intérieur », mais vous pouvez aussi profiter de ces moments de solitude pour vous faire quelques petits massages. Cela vous détendrait agréablement.

Voici une huile pour un massage apaisant. Dans 100 ml d'huile d'argan, ajoutez 25 gouttes d'huile essentielle de bergamote, 25 gouttes de géranium et 25 gouttes de ylang-ylang. Massez-vous en partant des épaules, puis les bras et les avants-bras, ensuite les pieds, les jambes, les cuisses. Massez par petits mouvements circulaires, palpations et pincements et terminez par le plexus solaire. Faites quelques respirations profondes, enfoncez vos poings légèrement sur le plexus en expirant, écartez les mains en longeant les côtes. Recommencez plusieurs fois. Ce mouvement sur le plexus solaire, vous pouvez le faire dans un moment de stress intense, que ce soit au bureau, dans le métro ou toute autre situation génératrice d'angoisse.

SOLUTIONS DES JEUX

Solutions des carrés magiques

p. 19

7	2	6
5	9	1
3	4	8

p. 109

2	13	8	15
9	14	3	12
11	4	17	6
16	7	10	5

p. 49

37	5	6	28	23	24
8	36	4	26	27	22
30	7	11	21	25	29
3	34	38	12	16	20
35	9	31	17	18	13
10	32	33	19	14	15

p. 139

33	10	5	24	28	23
11	30	7	29	21	25
31	8	9	22	26	27
4	35	36	13	17	18
38	3	34	20	12	16
6	37	32	15	19	14

p. 79

55	20	13	66	39	36	29	50
62	17	8	67	46	33	24	51
64	11	70	9	32	27	54	41
69	58	15	12	53	26	47	28
21	10	63	60	37	42	31	44
16	59	22	57	48	43	38	25
14	65	56	19	30	49	40	35
7	68	61	18	23	52	45	34

p. 169

44	3	11	19	27	35	43
12	20	28	36	37	45	4
29	30	38	46	5	13	21
39	47	6	14	22	23	31
7	15	16	24	32	40	48
17	25	33	41	49	8	9
34	42	50	2	10	18	26

Solutions des carrés magiques

p. 199

2	15	12	9
16	5	6	11
7	10	17	4
13	8	3	14

p. 291

7	8	3
9	4	5
2	6	10

p. 229

9	15	21	22	3
23	4	10	16	17
12	18	24	5	11
6	7	13	19	25
20	26	2	8	14

p. 319

29	6	10	20	24	28
7	35	3	25	26	21
36	4	5	27	22	23
9	31	32	18	13	14
34	8	30	16	17	12
2	33	37	11	15	19

p. 259

49	14	4	63	33	46	20	31
60	7	9	54	44	39	25	22
13	50	16	51	45	34	32	19
8	11	53	58	40	27	21	42
56	59	5	10	24	43	37	26
61	2	64	3	29	18	48	35
12	55	57	6	28	23	41	38
1	62	52	15	17	30	36	47

p. 349

50	57	14	13	34	25	46	29
63	12	51	8	47	28	35	24
5	54	17	58	21	38	49	26
16	11	52	55	32	43	36	23
64	59	4	7	48	27	20	39
53	6	65	10	37	22	33	42
15	60	3	56	31	44	19	40
2	9	62	61	18	41	30	45

Solutions des carrés magiques

p. 383

3	14	15	10
17	8	5	12
6	11	18	7
16	9	4	13

p. 469

2	9	12	15
13	14	3	8
7	4	17	10
16	11	6	5

p. 409

32	8	10	23	28	28
7	39	6	25	28	24
12	31	8	30	22	26
39	4	35	21	13	17
34	11	33	16	20	15
5	36	37	14	18	19

p. 507

17	23	24	5	11
4	10	16	22	28
21	27	8	9	15
13	14	20	26	7
25	6	12	18	19

p. 530

51	14	56	17	35	30	24	49
10	15	53	60	26	47	21	44
61	4	18	55	45	20	34	39
16	57	11	54	48	41	27	22
64	9	59	6	32	25	43	38
13	52	66	7	29	36	50	23
58	63	5	12	42	31	37	28
3	62	8	65	19	46	40	33

Solutions des mots mêlés

Mots mêlés Football p. 24

E	C			R					S						P				
	N	A			U			U						O					
C		G	G			E	P		T				T						
	O		A	E		P	N	N				E							
		R		G	O		A	I			A								
			N	R	E	Ç		B	A	U									
			T	E	A	M		U		R						L			
		E		L	R	E	E	T			T				E	U			
	R		P				H	N				N			R	C			
		M						C	T				E		T	A			
	E								U					E	I	R			
R										O			D		B	N			
	T	E	R	R	A	I	N				T	A			R	E			
	E		P								T				A				
	C		E	R	U	E	T	U	B	S					A				
	A		N											I					
	F		A	N	E	I	D	R	A	G			L	R	A	V			
	R		L	C	R	A	M	P	O	N	S	I							
	U		T								E								
	S		Y							R									

Mots mêlés Boissons alcoolisées p. 60

							E				N	A						P	
						H					I	L						A	
				C	T					K	V	I						S	
R	H	U	M	N	O					I		U						T	
			I	A		I				R		Q					O	I	
		S			R		N			S		E				L		S	
	B					M		T		C		T			L				
[illegible]							[illegible]		[illegible]	[illegible]				[illegible]					
								G		E			C						
									N		A	N							
								E		A	O	U							
E	N	G	A	P	M	A	H	C	K	M	C	C	C						
S	O	D	A	V	L	A	C	N	I	A	I		A						G
				E				L	I	D	S		N					E	
			R						R	G			G	W			N		
		E						E					O		H	E			
	I												C		P	I			
B	C	U	R	A	Ç	A	O							I			S		
V	O	D	K	A														K	
																			Y

Solutions des mots mêlés

Mots mêlés Enseignes de supermarché p. 98

I						P		E		C		A	M		L				U
E	N					I	L		C		A	O	T	E				R	B
L		T				C		A		I	N	R	C	O	V		E		I
L			E			A			N	O	R	L	R	I	O	P			O
E				R		R			P	O	E	P	V	E	U				C
N					M	D		R		R	G	E	R	S	F				O
I	V	I	V	A	L	A	I		C		C	A		E		O			O
C						X	R			O	A		I		D		U		P
C								C			L			D		A		R	
O									H		D						E		
C										E	I							L	
																	L		
C	A	S	I	N	O	I											D		
					X							T	N	A	E	G	I		
				O		X	I	R	P	N	A	R	F				L		
			R																
		P																	
											E	L	I	T	U				

Mots mêlés Marques de lunettes p. 134

								E	D					I		C			
C	A	R	R	E	R	A		L		I			N			I		G	
R	R							B			O	A		M	P	L		U	
E		A		S	S	O	B	A			M	R	U	E	L	C		C	
V			Y					N		R		I	R		G	A		C	
L				B				N	A		L	S		L		U	Z	I	
I				D	A			O		I	O		O				E	A	
S					I	N		C	F	L		N						S	C
K					O	O		A			G	R	E	I	T	R	A	C	S
I					A		R	F		C						E			
U					K			A	H				J	L	C				
Q					L			A	L			U		A	E				
V	O	G	U	E	E		M			O	L		S			N			
					Y	P	C			B	P	R					A		
							E		O		E							H	S
A	D	A	R	P			M			V									C
							O	G	I	V	E	N	C	H	Y				

Solutions des mots mêlés

Mots mêlés Fleurs p. 172

						R		E		M							L	A	
B	L	E	U	E	T	O			T		U					A		L	
						S				I		G			V		A	L	
						E					R		U	A		I		A	
E	L	L	I	U	Q	N	O	J				E	N	E	L			C	
E				E	P	I	L	U	T	S		D	U	E	T				
E	L									Y	E		M	G					
L		L			L				A	L		A			R				
L			I	I				R	C		C		C			A			
E			L	M			U		O					H			M		T
N		A			O	M		E	U		S				A			O	
E	S					M	L		C	N		I				R	C		
V						O	A		O		A		N			I	D		
A					R			C	U			R		H	L			O	
R				E	N	E	N	U	P	H	A	R	C	E	C				N
			S		I								U	I		Y			
		S			R	S	U	T	O	L		Q			S		L		
	U				I						O					S			
B					S					C							E		

Mots mêlés Scientifiques p. 208

				A	C	L							N						
			L			U	E						I						
		S					R	N					E						
	E							I	S				T						
T	C	O	P	E	R	N	I	C	E	E			S	E	R	E	P	M	A
L					B	R	G				R		N						
	L			R		E	A					F	I						
		E	O			I	I						E						
		C	W			V	I	D			K	R	E	I	R	U	O	F	
L	A			X	N	U	L		E	E	E	D	E	M	I	H	C	R	A
	A			E	A	C	E		P	S									
		T	W			M	E	L	L	R	C				G	A	U	S	S
		T	P				E		A	E		A							
	O			A		R	A		V	I			R						
N					H	T			O	H				T					
					L	C			I	T					E				
				O					S	R						S			
			V						I	E									
									E	B									
									R										

Solutions des mots mêlés

Mots mêlés Présidents américains p. 246

R		D								C						R			
E	O		R		B			H		L					E				
I		O		O	A	U	O		Y	I	E			A					
S	C		S	M	F	O	S	E		N		G	G	T	R	U	M	P	N
E		L	A	E	V		L	H	N	T		A	D						O
N		B	E	E	V	N			E	O	N			I					X
H	O		R	V	I	E			D	N	N				L				I
O				K	E		L		I		O					O			N
W			C			L		T	B		S						O		
E		M					A				L							C	
R								N			I				D				
T	R	U	M	A	N				D		W			L					
													A						
												R	G	N	I	D	R	A	H
											E								
										G									
									Z	H	A	R	R	I	S	O	N		
								T											
							I												
R	E	T	R	A	C	F													

Mots mêlés Grandes villes chinoises p. 282

C														N	C	N	D		
	H		U	S	H	A	N	G	H	A	I	N		A	H	E	O		
C		O		O							I		S	H	A	H	N		
	H		N		H					K		H		U	N	Z	G		
		A		G		Z			E		E		U	W	G	N	G		
			N		Q		G	P		N		D			C	E	U		
	N			G		I		N	Y		G				H	H	A		
		A			S		N	A	A	N					U	S	N		G
			I			H	N	G	E	H					N			N	
				L		G	A	H	G	N	A	H	C	N	A	N	A		
					A	Q	C	T	I	A	N	J	I	N		Y			
					I	D									I				
				N										U					
			G										G						
		D																	C
	A			N	I	K	N	A	N	J									A
O	H	A	R	B	I	N					I								N
												N							T
													A						O
														N					N

Solutions des mots mêlés

Mots mêlés Planètes et étoiles p. 320

				E				E	S										
					N		R	A											
	J	N	A	R		U	T					S	U	N	A	R	U		
	U				C	U	T	T			S	P	I	C	A				
	P			R	R			P	A					D					
	I		E	N					E	R		R	M	E	I	S	S	A	W
	T	M	E		L			P		N	F	A		N					A
	E	R				E	O					D		E		O			S
	R		A			L	G					A		B	M	K			A
	A			S	L			I			S	H			A	A			T
	N			U	U				R	A					H	B			
	R		X		D	A			T						S				
	E			Z			I	R											
	H		I				E	G	A										
M	C	B	M			B		L	N	C	A	S	T	O	R				
	A	H		U	I		U	I											
N		R	A	L	S	T	A	F	I	N	E								
			S	R	I	I						V	E	N	U	S			
				S	A		C												
								A											

Mots mêlés Jazzmans p. 356

				F	I	T	Z	G	E	R	A	L	D	S	N	J			
						E							U		O	A			
P		R	E	I	N	H	A	R	D	T		G			T	R			
	A					C					N				G	R			
		R	L			E				I					N	E			
M			K	A		B			M		H				I	T			E
O				E	M					A	B				L	T	N	N	
N					D	A			N			A			I		A		
K		D	A	V	I	S	J	C			Z		S		E	R	M		
							O			S		T		I	I		E		
G						C			U				E	L	E		L		
	N				K	S	N	I	L	L	O	R	O	G			O		
		O					R					C					C	E	
			R			O											V		
				T	T											A			
				S	S										N				
			A			M								S					
		P					R												
								A	N	O	S	R	E	T	E	P			

Solutions des mots mêlés

Mots mêlés Fleuves p. 392

					L				A						E				
				O	E				D					S					
			I			N			O				C						
		R					O		U			A							
	E							H	R		U								
E	E								R	T									
L	S									E									
O	U				E					N	G								
R	E					D				R		A			S	E	I	N	E
N	M	S	E	V	R	E	U			O			R				B		
		E						A						O	E		R		
			N											M	N	V	O	E	
				I									M		I	N	N		
					A			T				O		D		L	E		
		N	I	H	R	L	E			R	S		O		U				
						V	I	T	E	T	A	U		A					
					A			V			R	N							
				L						L			C			R	E	S	Y
			B						E					E					
E	N	G	O	D	R	O	D												

Mots mêlés Prénoms commençant par la lettre N p. 430

					N						N						N		
				A							A					O		N	
			D								D				L			O	
		E				Y	C	N	A	N	I			W				E	
	G	N						N			N	A	E				N	L	
E	S		I						A		E	N	Y			A		L	
		A		N	A					D	N			I	N			E	
			L	T	A						I			A	R				
		I	I	O								A				U			
		K	M		C								R	U	O	N	O		
	I		M	O		I												N	
N		A			A		N												
	O					N										Y			
N																L			
																L			
N	I	C	O	L	E						N	O	L	A	N	E			
																N			
E						A					N	A	H	T	A	N			
O						O													
N						N													

Solutions des mots mêlés

Mots mêlés Peintres p. 466

				H		T					P		K						
			E	G	R	E	N	O	I	R		I		L	T				
		E		O		N			I				C		I	E			
	L	G		G		A		C	R					A	S	M	N		
K		A		N		M	N	E	N	N	A	Z	E	C	S		T	O	
		U		A		I	M						H			S			M
H		G		V	V	B	I	L	L	E	C	I	T	T	O	B	O		
C		U		E	R						E								
N		I	D	A	D	E	G	A	S	L	X	I	O	R	C	A	L	E	D
U		N	N		T				E	I									
M		D				E			N							D			
	T						B	A								A			
							I	R								L			
					R	L			U							I			
					G	E				O									
				I			E				C								
			D					M											
		O							R										
	M									E									
											V								

Mots mêlés Dinosaures p. 508

		B				T					T		N						V
			R		E		R			Y		O							E
		E		A		R		I	L		D								L
		R			C		U	O	C	O								D	O
		U				H	S	A	L	E							E	I	C
		A				A	I	A	S		R					R		L	I
		S			U		G	O		O		A			U			O	R
		O		D		E			S		C		T	A			N	P	A
S		N	E		M					A		A	S	O			O	H	P
U		I	B	A	R	Y	O	N	Y	X	U	O	R		P		D	O	T
R		P									T	R		Y		S	O	S	O
U		S	T	Y	R	A	C	O	S	A	U	R	E		T		R	A	R
A		E	R	U	A	S	O	H	P	O	L	O	Y	R	C	S	T	U	
S				P	T	E	R	A	N	O	D	O	N				E	R	
E																	M	E	
L																	I		
I																	D		
H																			
C																			
		E	R	U	A	S	O	L	L	A									

Solutions des mots mêlés

Mots mêlés Moyen Âge p. 540

						E	C							E	E	E		S	N
E	I	L	L	A	R		U	O					G	L	L	G		E	A
				E		A			U			R		A	L	L		I	L
E			H		E		N	I	A	R	E	Z	U	S	I	I		G	L
	R	C		T						L	O			S	A	S	E	N	E
	A	U	A						C			N		A	T	E	M	E	B
J		H	M	C	R	O	I	S	A	D	E		N	V	A		U	U	M
	C			R	L	A	T	R	I	N	E	S	D	E	B		A	R	A
					A			E	S	R	E	H	V	I			E		H
									R			E	D		M		H		C
		P								R	C		O			E			
			A							H	E		U						
				Y					E			T	V						S
F					S								E					E	
T	E					A											R		
	N	I				E	N									F			
		E	F		P			S			C	H	E	V	A	L	I	E	R
			G	E															
			E	E															
					R	E	T	I	L	A	D	O	E	F					

Solutions des sudokus

Sudoku p. 13

2	3	4	1	7	8	6	9	5
9	6	7	5	4	3	8	1	2
1	5	8	9	2	6	7	3	4
7	4	5	3	1	2	9	8	6
3	2	9	8	6	7	5	4	1
8	1	6	4	5	9	2	7	3
4	9	1	2	8	5	3	6	7
5	7	3	6	9	4	1	2	8
6	8	2	7	3	1	4	5	9

Sudoku p. 36

8	1	2	4	6	9	5	7	3
9	6	5	7	3	1	4	8	2
7	3	4	8	5	2	1	9	6
2	9	6	1	7	8	3	5	4
1	7	3	6	4	5	9	2	8
5	4	8	9	2	3	7	6	1
6	5	1	3	8	7	2	4	9
4	2	9	5	1	6	8	3	7
3	8	7	2	9	4	6	1	5

Sudoku p. 59

9	4	7	6	1	3	2	5	8
6	5	3	8	2	7	1	9	4
2	1	8	4	9	5	6	3	7
7	8	9	2	4	1	3	6	5
3	2	1	5	8	6	7	4	9
4	6	5	3	7	9	8	2	1
5	9	2	7	3	8	4	1	6
8	3	6	1	5	4	9	7	2
1	7	4	9	6	2	5	8	3

Sudoku p. 82

5	2	1	8	6	4	9	3	7
9	7	4	3	5	2	6	8	1
3	6	8	1	7	9	5	2	4
6	1	9	4	2	8	7	5	3
7	4	5	6	9	3	2	1	8
2	8	3	5	1	7	4	9	6
4	5	7	9	8	1	3	6	2
8	9	2	7	3	6	1	4	5
1	3	6	2	4	5	8	7	9

Sudoku p. 105

[illegible]	7	[illegible]	4	1	[illegible]	[illegible]	[illegible]	[illegible]
4	2	6	8	7	9	5	3	1
3	1	8	6	5	2	9	7	4
7	9	4	2	3	5	8	1	6
8	5	1	9	6	7	2	4	3
2	6	3	1	4	8	7	9	5
6	8	7	3	2	4	1	5	9
9	4	2	5	8	1	3	6	7
1	3	5	7	9	6	4	8	2

Sudoku p. 128

[illegible]	[illegible]	[illegible]	1	[illegible]	4	[illegible]	[illegible]	7
7	4	5	2	3	6	8	9	1
2	1	6	7	8	9	5	4	3
6	5	2	3	7	1	4	8	9
9	3	4	6	2	8	7	1	5
1	7	8	9	4	5	3	6	2
8	9	3	4	1	7	2	5	6
4	2	1	5	6	3	9	7	8
5	6	7	8	9	2	1	3	4

Solutions des sudokus

Sudoku p. 151

7	6	8	2	9	3	4	1	5
3	5	1	6	4	7	2	8	9
4	9	2	5	8	1	3	6	7
6	8	9	1	2	4	5	7	3
2	1	3	9	7	5	8	4	6
5	4	7	8	3	6	9	2	1
8	2	6	3	1	9	7	5	4
1	3	4	7	5	8	6	9	2
9	7	5	4	6	2	1	3	8

Sudoku p. 174

9	1	6	3	4	7	8	2	5
8	5	7	6	9	2	1	3	4
3	4	2	8	5	1	6	7	9
7	9	3	1	6	8	4	5	2
4	6	8	2	3	5	9	1	7
1	2	5	4	7	9	3	8	6
6	8	1	7	2	4	5	9	3
2	3	9	5	1	6	7	4	8
5	7	4	9	8	3	2	6	1

Sudoku p. 197

5	6	8	7	3	9	4	2	1
2	3	9	4	1	6	8	7	5
7	4	1	8	2	5	6	3	9
4	9	3	2	7	1	5	6	8
1	5	2	6	9	8	7	4	3
6	8	7	5	4	3	9	1	2
9	7	5	3	6	2	1	8	4
3	1	4	9	8	7	2	5	6
8	2	6	1	5	4	3	9	7

Sudoku p. 220

6	7	9	1	4	2	5	3	8
1	8	2	3	9	5	7	6	4
4	5	3	6	8	7	1	2	9
2	6	8	4	1	9	3	7	5
3	9	5	7	2	8	4	1	6
7	1	4	5	3	6	8	9	2
5	3	1	2	6	4	9	8	7
9	4	6	8	7	1	2	5	3
8	2	7	9	5	3	6	4	1

Sudoku p. 243

1	3	6	9	7	5	4	2	8
2	4	5	8	3	1	6	9	7
9	7	8	4	6	2	5	1	3
6	5	3	2	1	8	7	4	9
4	2	9	6	5	7	3	8	1
7	8	1	3	4	9	2	6	5
5	9	4	1	2	3	8	7	6
3	1	2	7	8	6	9	5	4
8	6	7	5	9	4	1	3	2

Sudoku p. 266

2	3	6	5	4	7	8	9	1
7	9	5	6	8	1	2	3	4
8	1	4	9	2	3	5	6	7
6	8	7	2	1	9	4	5	3
5	2	3	7	6	4	9	1	8
1	4	9	3	5	8	6	7	2
9	5	8	1	7	2	3	4	6
3	7	2	4	9	6	1	8	5
4	6	1	8	3	5	7	2	9

Solutions des sudokus

Sudoku p. 289

9	3	7	5	6	1	4	8	2
1	8	4	7	2	3	5	6	9
2	6	5	9	4	8	1	7	3
5	4	9	1	7	6	2	3	8
6	7	1	3	8	2	9	5	4
3	2	8	4	5	9	6	1	7
8	9	6	2	3	5	7	4	1
4	5	2	8	1	7	3	9	6
7	1	3	6	9	4	8	2	5

Sudoku p. 312

1	8	2	3	4	7	5	6	9
9	6	4	2	5	8	1	7	3
5	7	3	6	9	1	8	4	2
8	4	7	9	1	3	6	2	5
6	2	9	4	7	5	3	1	8
3	1	5	8	2	6	7	9	4
2	5	8	1	6	9	4	3	7
4	3	6	7	8	2	9	5	1
7	9	1	5	3	4	2	8	6

Sudoku p. 335

4	2	8	7	5	6	9	1	3
1	7	9	2	8	3	4	5	6
3	5	6	9	1	4	2	7	8
2	6	1	4	9	5	3	8	7
5	4	7	3	6	8	1	2	9
8	9	3	1	7	2	5	6	4
6	8	2	5	3	9	7	4	1
9	1	4	6	2	7	8	3	5
7	3	5	8	4	1	6	9	2

Sudoku p. 358

9	8	5	4	3	6	7	2	1
7	1	3	8	9	2	6	5	4
4	6	2	7	1	5	8	9	3
5	2	6	3	4	7	9	1	8
3	4	8	1	5	9	2	6	7
1	7	9	6	2	8	3	4	5
8	5	7	2	6	4	1	3	9
2	3	4	9	7	1	5	8	6
6	9	1	5	8	3	4	7	2

Sudoku p. 381

3	8	1	9	2	6	5	4	7
5	6	2	4	7	1	3	9	8
9	7	4	5	8	3	2	1	6
2	3	6	8	9	7	4	5	1
4	5	8	6	1	2	7	3	9
1	9	7	3	4	5	8	6	2
8	1	9	7	5	4	6	2	3
6	2	5	1	3	8	9	7	4
7	4	3	2	6	9	1	8	5

Sudoku p. 404

3	5	1	8	6	4	9	7	2
6	7	8	9	3	2	5	1	4
2	4	9	7	5	1	8	3	6
1	8	4	2	9	7	3	6	5
9	2	5	6	1	3	7	4	8
7	3	6	5	4	8	2	9	1
4	1	7	3	8	5	6	2	9
8	6	2	4	7	9	1	5	3
5	9	3	1	2	6	4	8	7

Solutions des sudokus

Sudoku p. 427

4	6	9	8	5	7	2	3	1
2	5	3	6	9	1	4	8	7
1	8	7	4	3	2	9	5	6
3	1	4	7	6	5	8	2	9
9	2	5	3	1	8	7	6	4
6	7	8	2	4	9	5	1	3
8	9	2	1	7	6	3	4	5
5	4	6	9	2	3	1	7	8
7	3	1	5	8	4	6	9	2

Sudoku p. 450

9	8	4	7	3	6	2	1	5
3	7	5	2	8	1	6	9	4
6	1	2	5	4	9	3	8	7
5	6	3	4	9	2	1	7	8
1	9	7	3	5	8	4	6	2
4	2	8	6	1	7	5	3	9
8	4	6	1	7	5	9	2	3
2	3	9	8	6	4	7	5	1
7	5	1	9	2	3	8	4	6

Sudoku p. 473

3	8	2	7	4	1	5	9	6
4	9	5	8	2	6	3	7	1
6	7	1	5	9	3	8	2	4
7	3	6	9	5	4	2	1	8
9	5	4	2	1	8	6	3	7
1	2	8	3	6	7	4	5	9
8	1	7	6	3	2	9	4	5
2	4	9	1	8	5	7	6	3
5	6	3	4	7	9	1	8	2

Sudoku p. 496

5	3	9	4	6	1	7	2	8
6	2	4	5	7	8	3	9	1
8	7	1	3	2	9	4	5	6
3	8	6	9	1	2	5	7	4
9	4	5	7	3	6	1	8	2
7	1	2	8	5	4	9	6	3
4	9	7	2	8	3	6	1	5
2	6	3	1	9	5	8	4	7
1	5	8	6	4	7	2	3	9

Sudoku p. 519

6	7	8	4	9	1	5	2	3
9	5	1	3	7	2	8	6	4
4	3	2	6	5	8	7	1	9
7	6	3	1	2	9	4	8	5
8	1	4	7	3	5	2	9	6
5	2	9	8	4	6	1	3	7
3	9	5	2	1	4	6	7	8
2	8	7	5	6	3	9	4	1
1	4	6	9	8	7	3	5	2

Solutions des mots croisés

Mots croisés p. 16

	I	II	III	IV	V	VI	VII	VIII
1	A	T	A	R	A	X	I	E
2	T	U	B	A	I	E	N	T
3	A	M	E	N	E	■	D	A
4	V	U	E	S	■	D	U	■
5	I	L	S	■	A	T	R	E
6	Q	U	■	L	T	■	A	U
7	U	S	A	I	■	A	I	■
8	E	■	S	T	R	A	S	S

Mots croisés p. 70

	I	II	III	IV	V	VI	VII	VIII
1	B	O	B	E	C	H	E	S
2	O	Z	O	N	A	S	S	E
3	N	U	A	S	■	■	C	R
4	H	■	S	■	E	■	O	M
5	E	X	■	R	F	■	B	O
6	U	■	S	O	R	N	A	Y
7	R	O	M	B	I	E	R	E
8	S	C	■	A	T	■	■	R

Mots croisés p. 130

	I	II	III	IV	V	VI	VII	VIII
1	M	E	N	T	E	U	R	S
2	Z	U	P	■	C	S	■	T
3	A	G	■	O	O	■	G	A
4	B	E	A	R	N	A	I	S
5	I	N	A	■	O	L	L	E
6	T	A	S	■	M	■	■	S
7	E	T	E	T	A	G	E	■
8	S	E	N	A	T	E	U	R

Mots croisés p. 180

	I	II	III	IV	V	VI	VII	VIII
1	C	H	A	B	A	N	O	U
2	H	E	B	E	T	A	N	T
3	A	M	E	N	■	C	D	■
4	N	I	E	E	S	■	U	T
5	T	E	S	T	A	B	L	E
6	I	D	■	S	A	I	E	S
7	E	R	E	■	M	■	E	T
8	R	E	N	A	I	S	S	E

Mots croisés p. 234

	I	II	III	IV	V	VI	VII	VIII
1	J	U	G	E	M	E	N	T
2	E	N	D	U	I	R	A	I
3	A	G	■	■	M	E	R	S
4	N	U	A	G	E	■	S	E
5	N	I	M	E	S	■	E	R
6	O	S	A	■	I	■	■	A
7	I	■	N	E	S	C	U	S
8	S	O	S	T	■	S	N	■

Solutions des mots croisés

Mots croisés p. 300

	I	II	III	IV	V	VI	VII	VIII
1	U	R	A	C	I	L	E	S
2	R	H	Y	O	L	I	T	E
3	E	U	S	S	E	S		L
4	T	M		Y	S	A	Y	E
5	E	S	T			I		C
6	R		R		B	E		T
7	A	M	U	S	A	N	T	E
8	L	U	N	E	T	T	E	S

Mots croisés p. 368

	I	II	III	IV	V	VI	VII	VIII
1	E	Y	R	A	G	U	E	S
2	N	U	B	I	E	N	N	E
3	C	A		D			F	M
4	E	N	S	A	B	L	A	I
5	I		Y		H	A	I	
6	N	O	L	I			T	A
7	T	O	I	L	A	G	E	S
8	E		S	E	C		R	

Mots croisés p. 406

	I	II	III	IV	V	VI	VII	VIII
1	T	O	W	N	S	H	I	P
2	O	Z	U		O	O		A
3	A	A	S	E	N		Z	N
4	R	N		S		A	R	T
5	C		T	C		N		A
6	I	G	U	A	N	E		L
7	E	Y	A	L	E	T		O
8	N	P		E	S		O	N

Mots croisés p. 422

	I	II	III	IV	V	VI	VII	VIII
1	V	I	O	L	E	N	C	E
2	U	N	C	I	N	E	E	S
3	L	U		M		R	N	
4	C	L	E	A	R	I	N	G
5	A	I	T	I		G	E	L
6	I	N	A		U	N		U
7	N	E	M	O	R	A	L	
8	S		A	R	E	C		N

Mots croisés p. 558

	I	II	III	IV	V	VI	VII	VIII
1	C	T	E	N	A	I	R	E
2	H	U	R	O	N	N	E	S
3	A	R	E	N	A		B	
4	U	S	A		L	E	O	N
5	S	A	C	S		T	I	
6	S	N		T	T	O	R	O
7	O	S		A		C	A	S
8	N		P	R	O	S	I	T

Solution du jeu des 7 différences

p. 565

Allez vite sur *la page* FACEBOOK *du* WC-BOOK !

Rejoignez la communauté sur votre smartphone et partagez des moments de délires inédits avec d'autres WC Bookers.

Des jeux, des quiz, des blagues, des astuces, des anecdotes, des chiffres, des questions à la con, des peopleries et tant d'autres rubriques à partager avec vos amis sur **Facebook !**

Défiez-les sans tarder, les fous rires sont assurés !

Assis aux toilettes,
restez connecté avec
le monde extérieur !

Marie Dewulf

Ses horoscopes, précis et toujours détaillés, apparaissent depuis de nombreuses années dans la presse écrite ou sur diverses antennes comme Europe 2, Voltage FM, etc.

Astrologue de renom, Marie Dewulf anime également des conférences sur le développement personnel : comment vaincre sa timidité, gérer son stress, guérir ses blessures intérieures, interpréter ses rêves pour mieux se comprendre, etc.

Marie Dewulf
01 73 73 22 61
06 87 48 54 93

Mon bloc-notes perso

Mon bloc-notes perso

Mon bloc-notes perso

Mon bloc-notes perso

Mon bloc-notes perso